Jorge Luis
Borges

El informe de Brodie

布罗迪报告

[阿根廷] 豪尔赫·路易斯·博尔赫斯 著

王永年 译

上海译文出版社

目　录

序　言

    吉卜林后期创作的短篇小说错综复杂、扣人心弦，同卡夫卡或者詹姆斯相比有过之而无不及；但一八八五年他在拉合尔写的、一八九〇年汇编成集的一系列短篇却开门见山、直截了当，其中有不少堪称是精练的杰作，例如《萨德霍家》、《范围之外》、《百愁之门》；我有时思考：一个步入暮年的斫轮老手也可以倚老卖老地模仿有才华的青年人的构思和创作。思考的结果便是这个供读者评说的集子。

    我不知怎么福至心灵，会想到写直截了当的短篇小说。我不敢说它们简单；因为世上的文章没有一页、没有一字不是以宇宙为鉴的，宇宙最显著的属性便是纷纭复杂。我只想说明我一向不是，现在也不是从前所谓的寓言作家、如今称之为有使命的作家。我不存充当伊索的奢望。我写的故事，正如《一千零一夜》里的一样，旨在给人以消遣和感动，不在醒世劝化。这个宗旨并不意味我把自己关在象牙塔里。我的政治信仰是人所共知的；我是保守党人，那说明我对一切都抱有怀疑态度，谁都没有指责我是共产党、民族主义者、反犹分子、黑蚁派或罗萨斯派。我相信我们迟早不应该有政府。即使在最艰难的岁月里，我从不隐瞒自己的观点，但我并没有让那些观点影响我的文学创作，唯有中东六日战争引起的激动是个例外。文学的运作有其神秘之处；我们的意见是短暂的，符合缪斯的纯理论论点，而不符合爱伦·坡的论点，爱伦·坡认为，或者假装认为，写诗是智力活动。使我诧异的是，经典作家具有浪漫主义论点，而浪漫主义诗人却具有经典论点。

以篇名作为书名的那篇故事显然受到里梅尔·格列佛[1]最后一次游历的影响，除该篇外，用当前流行的术语来说，本集的故事都是现实主义的。我相信它们符合现实主义文学体裁的所有惯例，对那种体裁我们很快就会感到或者已经感到厌倦了。必不可少的虚构中有许多偶然事件，描写十世纪莫尔登战役[2]的盎格鲁–撒克逊民谣和冰岛传说里就有极好的例子。两篇故事——我不具体指出哪两篇——采用了同样的手法。好奇的读者会发现某些相似之处。有些情节老是纠缠着我，缺少变化已成了我的弱点。

　　题为《〈马可福音〉》的那篇故事是本集中最精彩的，它的大致情节取自乌戈·拉米雷斯·莫罗尼的一个梦；我根据

1　出生于爱尔兰的英国作家斯威夫特（Jonathan Swift, 1667—1745）的寓言小说《格列佛游记》中的人物，先后到过小人国、大人国、飞岛国和贤马国。
2　指描写公元991年丹麦人攻占埃塞克斯战役的用古英语写的长诗。

自己的想象或者理解作了一些变动，可能有损于原意。说到头，文学无非是有引导的梦罢了。

我舍弃了巴罗克式的故作惊人的笔法，也没有采用出人意料的结尾。总之，我宁愿让读者对期望或惊奇有些思想准备。多年来，我认为凭借变化和新奇能写出好的作品；如今我年满七十，我相信已经找到了写作方法。文字变化既不会损害也不会改善内容，除非这些变化能冲淡沉闷，或减轻强调。语言是一种传统，文字是约定俗成的象征；独出心裁的人能做的改变十分有限；我们不妨想想马拉美或者乔伊斯的不同凡响但往往莫测高深的作品。这些合情合理的理由有可能是疲惫的结果。古稀之年使我学会了心甘情愿地继续做我的博尔赫斯。

我对《西班牙皇家词典》（按照保罗·格罗萨克悲观的见解，它的每一个修订的版本都使前一版成为遗憾）和那些烦人的阿根廷方言语词字典一视同仁，不太重视。大洋两岸的人都倾向于强调西班牙和南美语言的区别，试图把它们加以分离。我记得罗伯托·阿尔特在这方面曾受到责难，说他对黑话切口一无所知，他回答道："我是在卢罗小镇贫穷的下层社会成长的，确实没有时间去学那些东西。"事实上，黑话切口是短剧作者和探戈词作者开的文学玩笑，郊区居民并不知晓，除非从留声机唱片听到。

我把故事的时间和空间安排得比较远，以便更自由地发挥想象。到了一九七〇年，谁还记得巴勒莫或洛马斯郊区上一个世纪末的确切模样呢？尽管难以置信，也有喜欢较真的人。举例说，他们指出马丁·菲耶罗说的是皮囊不是皮袋，还挑剔说（也许不公平）某一匹名马的毛色应该是金黄带花的。

序言过长，上帝不容。这句话是克维多说的，为了避免迟早会被发现的时代错乱，我还得啰唆一句，我从来不看萧伯纳写的序言。

豪·路·博尔赫斯

一九七〇年四月十九日，布宜诺斯艾利斯

第 三 者

《列王纪下》，第一章第二十六节[1]

有人说，这个故事是纳尔逊兄弟的老二，爱德华多，替老大克里斯蒂安守灵时说的。克里斯蒂安于一八九几年在莫隆县[2]寿终正寝。揆乎情理，这种说法不太可能；但可以肯定的是，在那落寞的漫漫长夜，守灵的人们一面喝马黛茶，一面闲聊，有谁听到这件事，告诉了圣地亚哥·达波维，达波维又告诉了我。几年后，在故事发生的地点图尔德拉，又有人对我谈起，这次更为详细，除了一些难免的细小差别和走样外，大体上同圣地亚哥说的一致。我现在把它写下来，因为如果我没有搞错的话，我认为这个故事是旧时城郊平民

1

性格的一个悲剧性的缩影。我尽量做到有一说一，有二说二，但我也预先看到自己不免会做一些文学加工，某些小地方会加以强调或增添。

图尔德拉的人称他们为尼尔森兄弟。教区神甫告诉我，他的前任有次不无诧异地说起，曾经在他们家里见到一部破旧的《圣经》，黑色的封皮，花体字印刷；最后几张白页上有手写的家庭成员的姓名和生卒年月日，但已模糊不清。那是他们家绝无仅有的一本书。也是他们家多灾多难的编年史，到头来终将湮没无闻。他们住的是一座没有粉刷的砖房，如今已不在了，从门厅那儿可以望见两个院子：一个是红色细砖铺地，另一个则是泥地。很少有人去他们家；尼尔森兄弟落落寡合，不同别人交往。家徒四壁的房间里只有两张帆布床，他们的贵重物品是马匹、鞍辔、短刃匕首、星期六穿的漂亮衣服和惹是生非的烧酒。据我所知，他们身材高大，一

1　根据本篇内容应为《圣经·旧约》的《撒母耳记下》。其第一章第二十六节是这样写的："我兄约拿单哪，我为你悲伤！我甚喜悦你，你向我发的爱情奇妙非常，过于妇女的爱情。"
2　布宜诺斯艾利斯西郊城镇。

头红发。这两个土生土长的白种人可能有丹麦或爱尔兰血统，只是从没有听人说起。街坊们像怕红党[1]似的怕他们，说他们有人命案子也并非无中生有。有一次，兄弟两人和警察干了一架。据说老二和胡安·伊贝拉也打过架，并且没有吃亏，对于知道伊贝拉厉害的人，这很能说明问题。他们赶过牲口，套过大车，盗过马，一度还靠赌博为生。他们的吝啬出了名，唯有喝酒和赌钱的时候才慷慨一些。没听说他们有什么亲戚，也不清楚他们是从哪里来的。他们还有一辆大车和两头拉车的牛。

他们是亲兄弟，和逃亡到地中海海岸的亡命徒之间的结盟关系不同。这一点，加上我们不知道的其他原因，有助于我们了解他们之间铁板一块的关系。你得罪其中一个就会招来两个仇敌。

尼尔森固然无赖，但长期以来他们的艳事只限于偷鸡摸狗或逛逛妓院。因此，当克里斯蒂安把胡利安娜·布尔戈斯带回家同居时，引起了不少议论。这一来，他固然赚了一个

1　指支持阿根廷独裁者罗萨斯的党羽。

女用人，但同样确切的是他送给她许多俗不可耐的、不值钱的插戴，还带她到娱乐聚会上招摇。那年头，在大杂院里举行的寒酸的聚会上，跳舞时的灯光很亮，不准身体剧烈扭动，贴得太紧。胡利安娜皮肤黝黑，眼睛细长，有谁瞅她一眼，她就嫣然一笑。在贫民区，妇女们由于劳累和不事修饰容易见老，胡利安娜算是好看的。

爱德华多起初陪着他们。后来去了阿雷西费斯一次干什么买卖；回家时带了一个姑娘，是路上找来的，没过几天，又把她轰了出去。他变得更加阴沉；一个人在杂货铺里喝得酩酊大醉，谁都不答理。他爱上了克里斯蒂安的女人。街坊们或许比他本人知道得更早，幸灾乐祸地看到了两兄弟争风吃醋的潜在危机。

一天，爱德华多很晚才从街上回家，看到克里斯蒂安的黑马拴在木桩上。老大穿着他那身最体面的衣服在院子里等他。女人捧着马黛茶罐进进出出。克里斯蒂安对爱德华多说：

"我要到法里亚斯那儿去玩。胡利安娜就留给你啦；如果你喜欢她，你就派她用场吧。"

他的口气像是命令，但很诚恳。爱德华多愣愣地瞅了他一会儿，不知该怎么办。克里斯蒂安站起身，向爱德华多告了别，跨上马，不慌不忙地小跑着离去，他没有和胡利安娜打招呼，只把她当作一件物品。

从那晚开始，哥俩就分享那个女人。那种肮脏的苟合同本地正派规矩格格不入，谁都不想了解细节。开头几个星期相安无事，但长此下去毕竟不是办法。兄弟之间根本不提胡利安娜，连叫她时都不称呼名字。但两人存心找茬儿，老是闹些矛盾。表面上仿佛是争论卖皮革，实际谈的是另一回事。争吵时，克里斯蒂安嗓门总是很高，爱德华多则一声不吭。他们互相隐瞒，只是不自知而已。在冷漠的郊区，女人除了满足男人的性欲，供他占有之外，根本不在他眼里，不值得一提，但是他们两个都爱上了那个女人。从某种意义上来说，这一点使他们感到丢人。

一天下午，爱德华多在洛马斯广场碰到胡安·伊贝拉，伊贝拉祝贺他弄到一个漂亮娘儿们。我想，就是那次爱德华多狠狠地揍了他。以后谁都不敢在爱德华多面前取笑克里斯蒂安。

胡利安娜百依百顺地伺候兄弟两人，但无法掩饰她对老二更有好感，老二没有拒绝介入，可是也没有让她动感情。

　　一天，哥俩吩咐胡利安娜搬两把椅子放在红砖地的院子里，然后躲开，因为他们有事商谈。她估计这次谈话时间不会短，便去午睡，可是没多久就给唤醒。他们叫她把她所有的衣物塞在一个包里，别忘了她母亲留下的一串玻璃念珠和一个小十字架。他们不作任何解释，只叫她坐上大车，三个人默不作声地上了路。前些时下过雨，道路泥泞累人，他们到达莫隆时已是清晨五点。她被卖给那里一家妓院的老鸨。交易事先已经谈妥，克里斯蒂安收了钱，两人分了。

　　在那以前，尼尔森兄弟一直陷在那场荒唐爱情的乱麻（也是一种常规）里，回到图尔德拉以后，他们希望恢复他们先前那种男子汉的生活。他们回到了赌博、斗鸡场和偶尔的斗殴之中。有时候他们也许自以为摆脱了烦恼，但是两人常常找一些站不住脚的，或者过分充足的理由，分别外出。快过年时，老二说要去首都办些事。克里斯蒂安便直奔莫隆；在上文已经提到过的那座房屋前面的木桩那儿，他认出了爱德华多的花马。他进了屋，发现另一个也在里面，排队等候。克里斯蒂安对他说：

"长此下去，我们的马会累垮的，不如把她留在身边。"

他找老鸨商量，从腰包里掏出一些钱币，把胡利安娜弄了出来。胡利安娜和克里斯蒂安同骑一匹马；爱德华多不愿多看，用马刺猛踢他的花马。

他们又回到以前的状况。那个丢人的解决办法行之无效；哥俩都经不住诱惑，干了欺骗的勾当。该隐[1]的幽灵在游荡，但是尼尔森兄弟之间的感情深厚无比——有谁说得清他们共同经历过的艰难危险！——他们宁愿把激怒发泄在别人头上，发泄在一个陌生人，在狗，在替他们带来不和的胡利安娜身上。

三月份快完了，燠热仍没有消退[2]。一个星期日（星期日人们睡得早），爱德华多从杂货铺回家，看见克里斯蒂安在套牛车。克里斯蒂安对他说：

"来吧，该去帕尔多卖几张皮子；我已经装了车，我们趁晚上凉快上路吧。"

---

1 《圣经·旧约》中亚当和夏娃之子，出于嫉妒，杀死了亲兄弟亚伯，被上帝判处终身流浪。
2 南北半球的寒暑季节相反，地处南半球的阿根廷的三月份是夏末秋初。

帕尔多集市在南面，他们走的却是车队路，不久又拐上一条岔道。随着夜色加深，田野显得更广阔。

他们来到一片针茅地边；克里斯蒂安扔掉烟蒂，不紧不慢地说：

"干活吧，兄弟。过一会儿长脚鹰会来帮我们忙的。我今天把她杀了。让她和她的衣物都待在这里吧。她再也不会给我们添麻烦了。"

兄弟二人几乎痛哭失声，紧紧拥抱。如今又有一条纽带把他们捆绑在一起：惨遭杀害的女人和把她从记忆中抹去的义务。

小　人

城市在我们心目中的形象总是有点时代错移。咖啡馆退化成了酒吧；本来通向院子，可以瞥见葡萄架的门厅现在成了尽头有电梯的幽暗的走廊。多少年来我一直记得塔尔卡瓦诺街附近是布宜诺斯艾利斯书店；一天上午我发现取而代之的是一家古玩店，并且听说书店老板堂圣地亚哥·菲施拜恩已经去世。菲施拜恩是个胖子，我记不太清他的长相，却记得我们长时间的聊天。他镇定自若，常常谴责犹太复国主义，说它使犹太人成了普普通通的人，像所有别的人那样给捆绑在一个单一的传统、单一的国家上，不再具有目前那种丰富多彩的复杂性和分歧。他还告诉我，当时在编纂一部庞大的巴鲁克·斯宾诺莎作品选集，删去了那些妨碍阅读的欧几里德几何学的繁芜，给那异想天开的理论增添了虚幻的严谨。他给我看罗森罗思的《犹太神秘主义发凡》的善本，但又不肯卖给我，不过我藏书中有些金斯伯格和韦特的书却是在他店里买的。

一天下午只有我们两个人，他告诉了我他生活中一个插曲，今天我可以公之于众。当然，有些细节要做些改动。

我要讲一件从未告诉过别人的事。我的妻子安娜不知道，我最好的朋友也都不知道。那是多年以前的事，现在已恍如隔世。也许可供你作为一篇小说的素材，你当然会加以剪裁。不知道我有没有对你说过，我是恩特雷里奥斯人。我们说不上是犹太高乔，从来就没有犹太高乔。我们是商人和小庄园主。我生在乌尔第纳兰，对那个地方已毫无印象；我父母来布宜诺斯艾利斯开店时，我年纪很小。我们家过去几个街区就是马尔多纳多河，再过去是荒地。

卡莱尔说过，人们需要英雄。格罗索写的传记使我崇拜圣马丁[1]，但是我发现他只是一个在智利打过仗的军人，如今

---

1 José de San Martín（1778—1850），阿根廷将军、政治家，早年曾参加对拿破仑作战，1814 年建立著名的安第斯军，与西班牙殖民军作战，于 1818 和 1821 年分别解放了智利和秘鲁。之后他功成身退，侨居法国。

成了一座青铜雕像和一个广场的名字。一个偶然的机会让我遇到一个截然不同的英雄：弗朗西斯科·费拉里，对我们两人都不幸。那是我第一次听到他的名字。

据说我们那个区不像科拉雷斯和巴霍那么野，不过每一家杂货铺里都有一帮爱寻衅闹事的闲人。费拉里老是泡在三执政－泰晤士杂货铺。促使我成为他的崇拜者的一件事就发生在那里。我去买一夸特马黛茶。一个留着长头发和胡子的陌生人跑来要了一杯杜松子酒。费拉里和颜悦色地对他说：

"喂，咱们前晚不是在胡利亚娜舞场见过面吗？你是哪里来的？"

"圣克里斯多巴尔，"对方说。

"我有话奉劝，"费拉里暗示说。"你以后别来啦。这儿有些蛮不讲理的人也许会让你不痛快。"

圣克里斯多巴尔来的人一甩胡子走了。或许他并不比对方差劲，但他知道强龙斗不过地头蛇。

从那天下午开始，弗朗西斯科·费拉里成了十五岁的我向往的英雄。他身体壮实，相当高大，仪表堂堂，算是时髦的。他老是穿黑颜色的衣服。不久，我们又遇到第二件事。

我和母亲、姨妈在一起，我们碰上几个大小伙子，其中一个粗声粗气地对其余的人说：

"放她们过去。老婆娘。"

我不知所措。这时费拉里正好从家里出来，他插手了。他面对那个挑衅的人说：

"你既然想找事，干吗不找我？"

他挨着个儿慢慢地瞅着他们，谁都不吭声。他们知道费拉里。

他耸耸肩膀，向我们打了招呼走了。在离开前，他对我说：

"你如果没事，待会儿去酒店坐坐。"

我目瞪口呆。我的姨妈莎拉说：

"一位绅士，他让夫人们得到尊敬。"

我母亲怕我下不了台，评论说：

"我看是一个容不得别人拿大的光棍。"

有些事情我不知该怎么向你解释。如今我混得有些地位，我有了这家我喜欢的书店，我看看这里的书，我有像你这样的朋友，我有妻子儿女，我加入了社会党，我是个好阿根廷公民，是个好犹太人。我是个受到尊敬的人。现在你看我的头发几乎脱光了，当时我却是个穷苦的俄罗斯小伙子，红头发，住在郊区。人们瞧不起我。像所有的年轻人一样，我试图同别人相似。我自己起了圣地亚哥这个名字，以回避原来的雅各布，菲施拜恩这个姓没有动。我们大家都努力符合人们指望看到我们的模样。我意识到人们对我的蔑视，我也蔑视自己。在那个时代，尤其在那种环境中，重要的是勇敢，但我自知是懦夫。我见了女人就胆战心惊，我为自己畏葸的童贞感到羞愧。我没有同龄的朋友。

那晚我没有去杂货铺。我一直不去就好了。我总觉得费拉里的邀请带有命令的口吻。一个星期六的晚饭后，我走进那个地方。

费拉里在一张桌子上座。一共六七个人，我都面熟。除了一个老头之外，费拉里年纪最大。老头言语不多，说话的神情很疲惫，唯有他的名字我一直记得：堂埃利塞奥·阿马罗。他松弛的宽脸有一条横贯的刀疤。后来我听说他吃过官司。

费拉里吩咐堂埃利塞奥挪个地方，让我坐在他左边。我受宠若惊，手脚都不知道往哪里搁才好。我怕费拉里提起前几天叫我丢人的事。根本没提。他们谈的是女人、赌牌、选举、一个该到而没有到的歌手以及区里的事。起初他们和我格格不入，后来接纳了我，因为费拉里要他们这样做。尽管他们大多都有意大利姓，他们各自都觉得是土生土长的，甚至是高乔，别人也有这种感觉。他们有的赶马帮，有的是车把式，甚至是屠夫；他们经常同牲口打交道，气质接近农民。我觉得他们最大的愿望是成为胡安·莫雷拉那样的人。他们最后叫我小罗宋，不过这个绰号并没有轻蔑的意思。我跟他们学会了抽烟和别的事。

在胡宁街的一家妓院里，有人问我是不是弗朗西斯科·费拉里的朋友。我说不是；我觉得如果回答说是，未免像是吹牛。

一晚，警察闯进来盘问我们。有的人不得不去警察局，他们没有碰费拉里。半个月后，重演了一次；这次费拉里也给带走了，他腰里有把匕首。也许他在本区的头头那里已经失宠。

现在我觉得费拉里是个可怜虫，上当受骗，被人出卖；

当时他在我心目中却是一个神。

友谊是件神秘的事，不次于爱情或者混乱纷繁的生活的任何一方面。我有时觉得唯一不神秘的是幸福。因为幸福不以别的事物为转移。勇敢的、强有力的弗朗西斯科·费拉里居然对我这个不屑一顾的人怀有友情。我认为他看错了人，我不配得到他的友谊。我试图回避，但他不允许。我母亲坚决反对我同她称之为流氓而我仿效的那伙人来往，更加深了我的不安。我讲给你听的故事的实质是我和费拉里的关系，不是那些肮脏的事情，如今我并不为之感到内疚。只要内疚之感还持续，罪过就还存在。

又回到费拉里旁边座位上的老头在同他窃窃私语。他们在策划。我在桌子另一头听到他们提起韦德曼的名字，韦德曼的纺织厂靠近郊区，地段偏僻。没多久，他们不作什么解释，吩咐我去工厂四面转转，特别要注意有几扇门，位置如何。我过了小河和铁路时已是傍晚。我记得附近有几幢零散的房子、一片柳树林、几个坑。工厂是新盖的，但有些荒凉的况味；它红色的砖墙在我记忆中如今和夕阳混淆起来。工厂周围有一道铁栏杆。除了正门之外，有两扇朝南的后门，直通工厂房屋。

你也许已经明白了，可是我当时迟迟没有懂得他们的用意。我作了汇报，另一个小伙子证实了我说的情况。他的姐姐就在工厂工作。大家约好某个星期六晚上都不去杂货铺，费拉里决定下星期五去抢劫。我担任望风。在那之前，最好别让人家看见我们在一起。我们两人走在街上时，我问费拉里：

"你信得过我吗？"

"当然啦，"他回说。"我知道你是个男子汉。"

那天和以后几天晚上，我睡得很香。星期三，我对母亲说，我要去市中心看新来的牛仔表演。我穿上我最体面的衣服，去莫雷诺街。电车路很长。到了警察局，他们让我等着，最后一个姓阿尔德或者阿尔特的工作人员接待了我。我说有机密事情相告。他让我大胆说。我向他透露了费拉里策划的事。使我诧异的是他竟不知道这个名字，我提起堂埃利塞奥时情况却不同。

"噢，"他说。"那原是东区团伙的。"

他请来另一位管辖我那个区的警官，两人商谈了一会儿。

其中一个稍带讥刺的口气问我：

"你是不是认为自己是好公民才跑来举报？"

我觉得他太不了解我了，回答说：

"是的，先生。我是个好阿根廷人。"

他们嘱咐我照旧执行我头头的命令，但是发现警察赶到时不要打呼哨发出约定的暗号。我告辞时，两人中间的一个警告我说：

"你得小心。你知道吃里爬外的下场是什么。"

两个警官说了这句黑话，高兴得像是四年级的学生。我回说：

"他们杀了我最好，我求之不得。"

星期五一大早，我感到决定性的一天终于来到的轻松，并为自己一点不内疚而惭愧。时间过得特别慢。我晚饭几乎没有碰。晚上十点钟，我们在离纺织厂不到一个街区的地点会合。我们中间有一个人没到，堂埃利塞奥说总是有临阵脱逃的窝囊废。我想事后正好把过错全归在他头上。快下雨了。我怕有人留下同我一起，但他们只让我一个人守在一扇后门外面。不久，警察在一名警官带领下出现。他们是步行来到的，为了不打草惊蛇，他们把马匹留在一块空地上。费拉里已经破门，大伙悄悄进了纺织厂。突然响起四声枪击，使我一惊。我想他们在屋里暗处残杀。接着，我看到警察押着那些上了手铐的小伙子出来。随后是两个警察，拖着费拉里和堂埃利塞奥。他们中了弹。审讯记录上说他们拒捕，先开了枪。我知道这是撒谎，因为我从未见过他们身边带手枪。警察利用这次机会清了旧账。后来我听说费拉里当时想逃跑，一颗子弹结果了他。当然，报纸把他说成是他也许从未成为而是我梦想成为的英雄。

我是和别人一起被捕的，不久就放了我。

罗森多·华雷斯的故事

那天晚上快十一点了，我走进玻利瓦尔街和委内瑞拉街拐角处的一家杂货铺，如今那里是酒吧。角落里有人向我打了一个招呼。他的模样大概有点威严，我应声走了过去。他坐在一张小桌前；我不知怎么觉得，他面对一个空酒杯，一动不动地在那里已经坐了很久。他身材不高不矮，仿佛是个规矩的手艺人，或许是个老派的乡下人。稀稀拉拉的胡子已经花白。他像乡下人那样谨小慎微，连围巾也没有解掉。他邀我和他一起喝点酒。我坐下后同他攀谈起来。那是一九三几年的事。

那人对我说：

"先生，您不认识我，至多听人提起过我的名字，可我认识您。我叫罗森多·华雷斯。已故的帕雷德斯也许同您谈起过我。那个老家伙自有一套，他喜欢撒谎，倒不是为了诓人，而是和人家开玩笑。我们现在闲着没事，我不妨把那晚真正发生的事讲给您听。就是科拉雷罗被杀那晚的事。先生，您已经把那件事写成了小说，我识字不多，看不了，但传说走了样，我希望您知道真相。"

他停了片刻，仿佛在梳理记忆，然后接着说道：

人们总是遇到各种各样的事情，随着年岁的增长，看法逐渐变化。我那晚遇到的事却有点蹊跷。我是在弗洛雷斯塔区西面的马尔多纳多河地长大的。以前那里是条臭水沟，后来总算铺了路。我一向认为进步是大势所趋，谁都阻挡不了。总之，出身是自己无法决定的。我从没有想过要打听我的生父是谁。我的母亲克莱门蒂娜·华雷斯是个很正派的女人，替人洗熨衣服，挣钱糊口。据我所知，她是恩特雷里奥斯或者乌拉圭人；不管怎么样，我听她谈起她在乌拉圭的康塞普西翁市有亲戚。我像野草那样成长。学会了用烧火棍同别的小孩打斗。那时候我们还没有迷上足球，足球是英国人的玩意儿。

有一晚，一个叫加门迪亚的小伙子在杂货铺故意找我麻烦。我不理睬，但他喝多了，纠缠不清。于是我们到外面去比试比试；到了人行道上，他回头推开杂货铺的门，对里面的人说：

"别担心，我马上回来。"

我身边总带着刀子。我们互相提防着，朝小河方向慢慢走去。他比我大几岁，和我打斗过好多次，我觉得他早就想杀了我。我挨着小巷的右边，他挨着左边。加门迪亚脚下给石块绊了一下摔倒了，我想也没想就扑了上去。我一刀拉破了他的脸，我们扭打在一起，难解难分，我终于捅到了他的要害，解决了问题。事后我发现我也受了伤，但只破了一点皮肉。那晚我懂得杀人或者被杀并不是难事。小河很远，为了节省时间，我把尸体拖到一座砖窑后面草草藏起。我匆忙中捋下他手上的一枚戒指，戴到自己手上。我整整帽子，回到杂货铺，不慌不忙地进去，对里面的人说：

"回来的人似乎是我。"

我要了一杯烧酒，确实也需要定定神。那时有人提醒我身上有血迹。

21

那夜我在床上翻来覆去，天亮时才睡着。晨祷时分，两个警察来找我。我的母亲，愿她的灵魂安息，大叫大嚷。警察把我像犯人似的押走了。我在牢房里待了两天两夜。除了路易斯·伊拉拉以外谁也没有来探望，伊拉拉真是个患难朋友，可是他们不准我们见面。一天早晨，警察局长把我找去。他大模大样地坐在扶手椅里，看也没有看我就说：

"如此说来，是你干掉了加门迪亚？"

"那是您说的，"我回答。

"对我说话要称呼先生。别耍花枪抵赖。这里有证人的证词和从你家里搜出的戒指。痛痛快快在供词上签字吧。"

他把笔蘸蘸墨水，递给我。

"容我想想，局长先生，"我回说。

"我给你二十四小时，让你在牢房里好好想。我不会催你。假如你执迷不悟，那你就到拉斯埃拉斯街的踏板上去想吧。"

那时我自然不明白他指的是绞刑架。

"如果你签了字，在这里待几天就行了。我放你出去，堂尼古拉斯·帕雷德斯答应由他处理你的事。"

他说是几天，结果过了十天之久。他们终于记起了我。我签了他们要我签的字据，两个警察中的一个把我带到加夫雷拉街。

那里一栋房子门前的木桩上拴着几匹马，门厅和屋里的人乱哄哄的，比妓院还热闹，像是一个什么委员会。堂尼古拉斯在喝马黛茶，过了好久才答理我。他不紧不慢地告诉我，我给派到正在准备竞选活动的莫隆去。他把我推荐给拉斐勒先生，请他试用。写介绍信的是一个穿黑衣服的小伙子，据说是写诗的，老是写一些妓院题材的乌七八糟的东西，层次高的人不感兴趣。我谢了他对我的关照，走出那个地方。到了拐角处，警察就不跟着我了。

一切都很顺利，老天知道该干什么。加门迪亚的死起初给我找了麻烦，现在却为我铺了一条路。当然，我现在给捏在当局的掌心。假如我不替党办事，他们会把我重新关进去，不过我有勇气，有信心。

拉斐勒先生告诫我说，我跟着他要规规矩矩，干得好，有可能充当他的保镖。我应该用行动证明。在莫隆以及后来在整个选区，我没有辜负头头们的期望。警察局和党部逐渐培养了我作为硬汉的名气，我在首都和全省的竞选活动中是个不可多得的人物。当时的竞选充满暴力；先生，我不谈那些个别的流血事件了，免得您听了腻烦。那些激进派叫我看了就有气，他们至今还捧着阿莱姆[1]的大腿。人人都尊敬我。我搞到一个女人，一个卢汉娘儿们，和一匹漂亮的栗色马。我像莫雷拉那般炙手可热，风光了好几年，其实莫雷拉最多算是马戏团里的高乔小丑。我沉湎于赌博喝酒。

老年人说话啰唆，不过我马上要谈到我想告诉您的事了。不知道我有没有和您提过路易斯·伊拉拉。我的一个交情极深的朋友。他上了岁数，干活没得说的，对我特好。他当年也干过委员会的差事，平时凭木工手艺吃饭。他从不找人家麻烦，也不容人家找他麻烦。有一天早晨，他来看我，对我说：

"你大概已经听说卡西尔达踹了我的事吧。把她从我身边夺走的人是鲁菲诺·阿吉莱拉。"

我在莫隆同那家伙有些过节。我回说：

"不错，我认识。阿吉莱拉几兄弟中间他算是最上路的。"

1　Leandro N. Alem（1842—1896），阿根廷律师、政治家，激进公民联盟领袖，领导了1890年推翻胡亚雷斯·塞尔曼总统的革命。

"不管上不上路，你现在得帮我对付他。"

我沉吟了一会儿，对他说：

"谁也夺不走谁。如果说卡西尔达踹了你，那是因为她爱上鲁菲诺，你已经不再在她眼里了。"

"别人会怎么说？说我窝囊？"

"我的劝告是不要管别人怎么说，也不要去理会一个已经不爱你的女人。"

"我并不把她当一回事。对一个女人连续想上五分钟的男人算不上汉子，只能算窝囊废。问题是卡西尔达没有良心。我们在一起的最后一晚，她说我老了，不中用了。"

"她对你说的是真话。"

"真话让人痛心。我现在恨的是鲁菲诺。"

"你得小心。我在梅尔洛见过鲁菲诺打架。出手快极了。"

"你以为我怕他吗？"

"我知道你不怕他，但你得仔细考虑。反正只有两条路：不是你杀了他，去吃官司；就是他杀了你，你上黄泉路。"

"确实是这样。换了你会怎么做？"

"不知道，不过我这辈子不算光彩。我年轻时不懂事，为了逃避坐牢，成了委员会的打手。"

"我不想做什么委员会的打手，我想报仇。"

"难道你放着安稳日子不过，却为了一个陌生人和一个你已经不喜欢的女人去担风险？"

他不听我的，自顾自走了。不久后，听说他在莫隆的一家酒店向鲁菲诺挑衅，在鲁菲诺手下丧了命。

他自找死路，一对一地、公平地被人杀了。作为朋友，我劝告过他，但仍感到内疚。

丧礼后过了几天，我去斗鸡场。我一向对斗鸡不感兴趣，那个星期天更觉得恶心。我想，那些鸡自相残杀，血肉模糊，又是何苦来着。

我要说的那晚，也就是我故事里最后的那晚，我和朋友们约好去帕尔多跳舞。过去了那么多年，我还记得我女伴穿的花衣服的模样。舞会在院子里举行。难免有些酗酒闹事的人，但我安排得妥妥帖帖。午夜十二点不到，那些陌生人来了。其中一个叫科拉雷罗的，也就是那晚被害的人，请在场所有的人喝了几杯酒。事有凑巧，我们两人属于同一类型。他不知搞什么名堂，走到我面前，开始捧我。他说他是北区来的，早就听说我的大名了。我随他去说，不过开始怀疑起来。他不停地喝酒，也许是为了壮胆吧，最后说是要同我比试一下。那时谁都弄不明白的事发生了。我在那个莽撞的挑衅者身上看到了自己的影子，感到羞愧。我并不害怕，如果害怕，我倒出去和他较量了。我装着什么事也没有发生似的。他凑近我的脸，大声嚷嚷，故意让大家听见。

"敢情你是个窝囊废。"

"不错，"我说。"我不怕做窝囊废。你高兴的话还可以对大家说，你骂过我是婊子养的，朝我脸上啐过唾沫。现在你舒服了吧。"

那个卢汉娘儿们把我插在腰带里的刀子抽出来，塞进我手里。她着重说：

"罗森多，我想你非用它不可了。"

我扔掉刀子，不慌不忙地走了出去。人们诧异地让开。我才不管他们是怎么想的。

为了摆脱那种生活，我到了乌拉圭，在那里赶大车。回国后，我在这里安顿下来。圣特尔莫一向是个治安很好的地区。

遭　遇

献给苏珊娜·邦巴尔

　　每天早晨浏览报纸的人不是看过就忘，便是为当天下午的闲聊找些话题，因此，谁都不记得当时议论纷纷的著名的马内科·乌里亚特和敦坎案件，即使记得也恍如梦中，这种情况并不奇怪；再说，事情发生在出现彗星和独立一百周年的一九一〇年，那以后，我们经历和遗忘的东西太多太多。事件的主人公已经去世，目击证人庄严地发誓保持沉默。当时我只有十岁左右，也举手发誓，感到那浪漫而又严肃的仪式的重要性。我不知道别人是否注意到我作过保证，也不知道他们是否信守诺言。不管怎么样，下面是事情的经过，由于时间久远，文字表达的好坏，难免同真情有些出入。

那天下午，我的表哥拉菲努尔带我去月桂庄园参加一个烧烤聚会。我记不清庄园的地形地貌了，只依稀觉得是在北部一个树木葱茏的静谧的小镇，地势向河边缓缓倾斜，和城市或草原完全不同。我觉得火车路程长得烦人，但是大家知道，小孩子总觉得时间过得太慢。我们走进庄园的大门时，天色已经开始昏暗。我感到那里古老而基本的事物：烤肉的香味、树木、狗、干树枝、把人们聚在周围的火堆。

客人一共十来个，都是大人。我后来知道最大的不满三十岁。我很快就发现，他们熟悉的东西都是我所不了解的：赛马、时装、汽车、奢华的妇女。我怯生生地待在一边，没人打扰，也没人理会。一个雇工慢条斯理地精心烤着羊羔，我们则在长饭厅里耐心等待。有一把吉他，我记得仿佛是我的表哥弹奏了根据埃利亚斯·雷古莱斯[1]的《废墟》和《高乔》谱的曲子，以及当时那种贫乏的俚语写的十行诗，诗里讲的是胡宁街一场动刀子的决斗。咖啡和雪茄端上来了。谁都没

1　Elías Regules（1860—1929），乌拉圭医师、诗人、剧作家。

有提回家的事。我感到了"为时太晚"的恐惧（卢戈内斯语）。我不愿看钟。为了掩饰小孩在大人中间的孤独，我匆匆喝了一两杯酒。乌里亚特大声嚷嚷要和敦坎玩扑克。有人反对说，那种玩法没意思，不如四个人玩。敦坎同意了，但是乌里亚特以我不明白、也不想弄明白的固执态度坚持要一对一。我除了消磨时间的摸三张和独自思考的打通关以外，一向不喜欢纸牌游戏。我溜了出去，谁也没有注意。一座陌生而黑暗的大房子（只有饭厅里点着灯）对于小孩的神秘感，比一个陌生的地方对旅行者的神秘感更强烈。我逐一探索那些房间；记得有一间台球房、一道安有长方形和菱形玻璃的回廊、两个吊椅、一扇可以望到外面凉亭的窗子。我在暗地里迷了路，庄园的主人——经过这么多年，我忘了他姓阿塞韦多还是阿塞瓦尔——终于找到了我。他出于关心或者收藏家的虚荣心，带我到一个玻璃柜子前面。点灯后，我看到柜子里面陈列的是白刃武器，一些被用得出了名的刀剑。他告诉我说，他在佩尔加米诺附近有一注地产，平时两地来往，陆陆续续收集了那些东西。他打开玻璃柜，没看卡片说明就如数家珍地介绍每件武器的历史，大体上是一样的，只是地点日期有些差别。我问他那些武器中间有没有莫雷拉的匕首，莫雷拉是当时高乔的代表人物，正如后来的马丁·菲耶罗和堂塞贡多·松勃拉。他不得不承认说没有，不过可以给我看一把一模一样的也就是有 U 字形护手柄的匕首。这时，愤怒的嚷嚷声打断了他的话。他立刻关好柜子门，我跟着他出了房间。

乌里亚特嚷嚷说，他的对手玩牌作了弊。伙伴们站在两人周围。在我印象中敦坎比别人高大，膀粗腰圆，金黄色的头发淡得发白，脸上毫无表情。马内科·乌里亚特浮躁好动，皮肤黝黑得像是古铜色，傲慢地留着两撇稀疏的胡子。大家显然都喝多了；我不敢确定地上是不是有两三个酒瓶；也许是电影看多了，似乎有这种印象。乌里亚特不断地骂娘，字眼尖刻下流。敦坎仿佛没听见，最后他不耐烦了，站起来给了乌里亚特一拳。乌里亚特倒在地上，喊叫说他绝不能容忍这种侮辱，要决斗解决。

敦坎说不行，解释似的补充说：

"问题是我怕你。"

大家哄笑了。

乌里亚特爬起来说：

"我要同你决斗，就是现在。"

不知是谁——愿上帝宽恕他——怂恿说武器是现成的，多的是。

有人打开玻璃柜。马内科·乌里亚特挑了那件最显眼、最长的带 U 字形护手柄的匕首；敦坎几乎是漫不经心地拿起一把木柄的刀子，刀刃上镌刻着一棵小树花纹。另一人说马内科挑选的简直是把剑，倒也符合他的性格。那时他的手在颤抖，谁都不奇怪，然而大家感到惊讶的是敦坎的手居然也抖得厉害。

按照习俗要求，人们不能在他们所在的室内决斗，而是要到外面去，否则是对主人不敬。我们半是正经、半是开玩笑地到外面夜晚潮湿的园子里去。我感到陶醉，并不是因为喝了几杯酒，而是由于将要看到的冒险行为；我盼望有谁杀人，以后有可以叙说、可以回忆的材料。在那一刻，别人的年岁也许不比我大多少。我还感到一个谁都无法控制的旋涡，把我们卷了进去，搞得晕头转向。大家并不相信马内科的指责；认为他们早有积怨，这次无非是借酒发泄而已。

我们经过凉亭，走进了树林子。乌里亚特和敦坎两人走在最前面；我感到奇怪的是他们互相提防着，唯恐谁搞突然袭击似的。我们来到一块草坪旁边。敦坎略带威严地说：

"这地方合适。"

两人犹豫不决地站在草坪中央。有人朝他们喊道：

"扔掉那些碍手碍脚的铁家伙，凭真本领打。"

但是两个人已经交上了手。起初仿佛害怕伤着自己似的有点笨拙；他们先瞅着对方的武器，后来盯着对方的眼睛。乌里亚特忘了愤怒，敦坎忘了冷漠或轻蔑。危险使他们变了模样；现在打斗的不是两个小伙子，而是两个成人。在我原先的想象中，那场决斗即便是混乱的刀光剑影，至少也应该和下象棋那样，能让人看清，或者几乎看清它的一招一式。虽然过了那么多年，当时的情景仍然历历在目，并没有被岁月冲淡。我说不准他们打了多久，有些事情不是通常的时间所能衡量的。

他们没有用斗篷缠在手臂上防护，而是用前臂直接抵挡打击。袖管很快就破成碎布条，被血染成殷红色。我想，当初以为那两人不善于这种格斗是错误的估计。我很快就发现，由于武器不同，他们使用的方法也不同。敦坎要弥补短兵器的不利条件，想尽量贴近对手；乌里亚特步步后退，以便用较长的武器劈刺。先前提醒玻璃柜子里有兵器的那个声音喊道：

"他们起了杀心。不能让他们斗下去了。"

没人敢上去干预。乌里亚特逐渐失去了优势，敦坎便冲上去。两人的身体几乎接触到了。乌里亚特的武器在寻找敦坎的脸，突然好像短了一截，因为已经捅进了敦坎的胸部。敦坎躺在草坪上，发出很低的声音，说：

"真奇怪。好像是一场梦。"

他眼睛没有闭上，一动不动；我亲眼目睹一个人杀了另一个人。

马内科·乌里亚特低头瞅着死者，请求宽恕。他毫不掩饰地抽泣起来。他刚干下的事是他自己始料不及的。我现在知道，他后悔莫及的不是自己的罪行，而是莽撞。

我不想再看了。我期盼的事情已经发生，使我震惊。拉菲努尔后来告诉我，他们好不容易才掰开死者的手指拿掉刀子。他们秘密商谈了一番，决定尽量讲真话，只不过把动刀子的格斗说成是用剑决斗。四个人自愿充当见证人，其中有阿塞瓦尔。一切在布宜诺斯艾利斯打点妥帖，朋友熟人总是能帮忙的。

纸牌和钞票杂乱地散在桃花心木桌子上，谁都不想看，不想碰。

在以后的岁月里，我不止一次想把这件事告诉哪个朋友，可是又觉得保守秘密比讲出来更让我得意。一九二九年前后，一次偶然的谈话使我突然打破了长期的沉默。退休的警察局长堂何塞·奥拉韦和我谈起雷迪罗底层社会刀客的故事；他说那种人往往抢先出手，什么卑鄙的事都干得出来，在波德斯塔[1]和古铁雷斯[2]描写的决斗以前，几乎没有正派的决斗。我说我亲眼看到一次，便讲了多年前的那件事。

他带着职业的兴趣听完了我的故事，然后说：

"你能肯定乌里亚特和另一个人以前从没有见过面吗？他们也许有过什么前嫌。"

---

1 Podestá (1853—1920)，阿根廷医师、现实主义小说家。
2 Eduardo Gutiérrez (1851—1889)，阿根廷作家，著有《胡安·莫雷拉》等描写高乔人生活的小说。

"不，"我说。"那晚所有的人都清楚，大家都很吃惊。"

奥拉韦慢吞吞地仿佛自言自语地说：

"一把护手柄是 U 字形的匕首。那种匕首有两把是众所周知的：一把是莫雷拉的，另一把是塔帕根的胡安·阿尔马达的。"

我隐约想起了什么事，奥拉韦接着说：

"你还提到一把木柄的刀子，有小树的图形。那种刀子成千上百，但是有一把……"

他停了片刻，接着又说：

"阿塞韦多先生在佩尔加米诺附近有地产。上一个世纪末，那一带另有一个大名鼎鼎的刀客：胡安·阿尔曼萨。他十四岁就杀过人，此后一直用那样的短刀，据说能给他带来好运。胡安·阿尔曼萨和胡安·阿尔马达结了怨仇，因为人们经常把他们搞混。他们多年来互相寻仇，但从来没有见面。后来，胡安·阿尔曼萨在一次竞选骚乱中死于流弹。在我印象中，另一个病死在拉斯弗洛雷斯街的医院里。"

那天下午没有再谈这件事。我们都在思索。

十来个已经去世的人看到了我亲眼看到的情景——长长

的刀子捅进一个人的身体，尸体露天横陈——但是他们看到的是另一个更古老的故事的结局。马内科·乌里亚特并没有杀死敦坎；格斗的是刀子，不是人。两件武器并排沉睡在玻璃柜子里，直到被人触动唤醒。它们醒来时也许十分激动，因此乌里亚特的手在颤抖，敦坎的手也在颤抖。两人——不是他们的武器，而是他们本人——善于格斗，那晚斗得很激烈。他们在茫茫人世互相寻找了多年，终于在他们的高乔先辈已经成灰的时候找到了对方。人的夙怨沉睡在他们的兵刃里，窥伺时机。

物件比人的寿命长。谁知道故事是不是到此结束，谁知道那些物件会不会再次相遇。

胡安·穆拉尼亚

多年来，我经常自称是在巴勒莫区长大的。现在我知道那只是文学夸张，实际上，我的家是一道长栅栏另一边的一幢带花园的房子，里面有我父亲和祖辈的藏书室。人们告诉我说，拐角那边才是玩刀子和弹吉他的巴勒莫；一九三〇年，我写了一篇评论郊区诗人卡列戈的文章。不久以后，一个偶然的机会让我和埃米利奥·特拉帕尼相遇。我有事去莫隆，坐在窗口的特拉帕尼喊我的名字。我和特拉帕尼曾是泰晤士街小学的同桌同学，过了这么多年，我一时认不出他了。罗伯托·戈德尔肯定还记得他。

我们一向不很亲近。时间使我们更加疏远，互不关心。现在我记起是他把当时下层社会的俚语切口解释给我听的。

我们没话找话，谈了一些琐碎的事情，还提到一个只记得名字的、已经去世的同学。特拉帕尼突然对我说：

"我借到一本你写的关于卡列戈的书。你在书里谈了不少恶棍的事情；博尔赫斯，你说你对恶棍有多少了解？"

他带着近乎惊恐的神情瞅着我。

"我有资料根据，"我回说。

他打断了我的话：

"资料是空话。我不需要什么资料，我熟悉那种人。"

他停了一会儿，然后像吐露一个秘密似的对我说：

"我是胡安·穆拉尼亚的外甥。"

上一世纪末期，在巴勒莫的刀客中间，穆拉尼亚的名气可以说是最大的。特拉帕尼接着说：

"他的老婆弗洛伦蒂娜是我的姨妈。也许你对此有些兴趣。"

他讲话时用了一些修辞学的强调语气和长句子，不由得使我怀疑他不是第一次讲这件事了。

我母亲始终不愿意她姐姐和胡安·穆拉尼亚一起生活；

在她眼里，穆拉尼亚是个亡命徒；在我姨妈弗洛伦蒂娜眼里，穆拉尼亚却是实干家。至于我姨父的归宿，传说很多。有人说他某晚多喝了一些酒，赶车在上校街拐弯时从座位上摔了下来，磕碎了头颅。也有人说他犯了法遭到缉捕，便逃往乌拉圭。我母亲一向看不惯她的姐夫，根本不和我提他的事。我当时还小，对他毫无印象。

独立一百周年前后，我们住在拉塞尔街一幢狭长的房子里。房子后门通向圣萨尔瓦多街，老是上着锁。我的姨妈住在顶楼，她年纪大了，有点怪僻。她瘦骨嶙峋，身材很高，或者在我印象中好像很高，言语不多。她怕风，从不外出，也不喜欢我们进她的房间，我不止一次发现她偷偷地拿走食物，隐藏起来。街坊们说穆拉尼亚的死或者失踪使她受了刺激。在我印象中，她老是穿黑颜色的衣服，还有自言自语的习惯。

我们住的房子是巴拉加斯区[1]一家理发馆的老板卢凯西先生的财产。我母亲是干零活的裁缝，经济拮据。我常听到她

1　布宜诺斯艾利斯南部街区。

和姨妈悄悄谈话，谈的东西我一点不懂，什么司法人员、强制执行、欠租动迁等等。我母亲一筹莫展，姨妈固执地颠来倒去地说：胡安决不会答应那个外国佬把我们赶出去的。她又提起我们已经听得滚瓜烂熟的事情：一个不知天高地厚的南方人居然怀疑她丈夫的勇气。她丈夫知道后走遍全城去找他，一刀就解决问题，把他扔进了小河。我不知道故事是否真实，重要的是有人说，也有人信。

我想象自己在塞拉诺街的门洞里栖身，或者沿街乞讨，或者提着篮子叫卖桃子。最后一种情况对我的吸引力最大，因为那一来我就可以不上学了。

我不知道这种忐忑不安的日子持续了多久。你已经去世的父亲有一次对我们说，金钱是可以用分或者比索计算的，时间却不能用日子计算，因为比索都是一样的，而每天甚至每一小时都各个不同。他说的话我当时不太懂，但是一直铭记在心。

一晚，我做了一个噩梦。梦见和姨父胡安一起。我还没有见过他本人，不过我揣测他容貌像印第安人，身体壮实，胡子稀疏，头发却又长又密。我们在乱石和杂草中间朝南面走去，那条满是乱石和杂草的小径好像就是泰晤士街。梦中太阳挂得老高。胡安姨父穿着黑颜色的衣服。他在一个似乎是关隘栈道的地方站停了脚步。他把手揣在怀里，不像是要掏武器的样子，而像是要把手藏起来。他声调十分悲哀地对我说：我的变化太大了。他慢慢抽出手，我看到的竟是一个鹰爪。我在暗地里叫嚷着惊醒了。

　　第二天，我母亲叫我陪她一起去卢凯西的住处。我知道是去求他宽限，把我带去的目的无非是让债主看看我们孤苦无告的模样。她没有告诉姨妈，因为姨妈绝对不会同意她低三下四地去求人。我从没有到过巴拉加斯，我觉得那个地方人多、车多、空地少。我们到了要找的那幢房子的街角上，看到房前有警察和围观的人。一个居民一遍遍地对看热闹的人说，凌晨三点钟左右他被敲门声吵醒，听到开门和有人进去的声音。没有关门的动静。人们清晨发现卢凯西躺在门廊里，衣服没有穿整齐，遍体有刀伤。他独自一人生活，警方没有找到嫌疑人。没有抢劫的迹象。有人说死者眼睛不好，最近几乎瞎了。另一人断定说："他劫数到了。"这个结论和说话的口气给我印象很深；在以后的岁月里，我发现凡是有人死去的时候，总有这种说教式的断言。

守灵的人请我们进去喝咖啡，我便喝了一杯。棺材里装的不是尸体而是一具蜡像。我把这事告诉母亲，一个殡仪员笑了，对我说那具穿黑衣服的蜡像就是卢凯西先生。我着迷似的瞅着。我母亲不得不把我拖开。

此后几个月里，这件事成了人们唯一的话题。当时的罪案率不高，你不难想象，梅勒纳、坎伯纳和西勒特罗之类的案子引起了多少议论。布宜诺斯艾利斯唯一不动声色的人是弗洛伦蒂娜姨妈。她老年痴呆似的唠叨说：

"我早就对你们说过，胡安不会容忍那个外国佬把我们赶到街上去的。"

一天大雨滂沱。我上不了学，便在家里到处乱转。我爬到顶楼。姨妈合着手坐在那里，我觉得她甚至没有思想。房间里潮味很重。一个角落里放着铁床，床柱挂着一串念珠；另一个角落有个放衣服的木箱。白粉墙上贴着卡门圣母像。床头柜上有个烛台。

姨妈眼睛也没抬就对我说：

"我知道你来这里干什么。你妈妈叫你来的。是胡安救了

44

我们，她还不明白。"

"胡安？"我吃惊地说。"胡安十年前就死了。"

"胡安在这里，"她对我说。"你想见见吗？"

她拉开床头柜的抽屉，取出一把匕首。

她声调柔和地接着说：

"你瞧。我知道他永远不会抛弃我的。世上没有和他一样的男人。他根本没有给那个外国佬喘气的时间。"

那时我才恍然大悟。那个可怜的神志不清的女人杀了卢凯西。她受憎恨、疯狂甚至爱情的驱动，从朝南的后门溜出去，深更半夜走街串巷，终于找到了那所房子，用她瘦骨嶙峋的大手把匕首捅了下去。匕首就是穆拉尼亚，是她仍然崇拜的那个死去的男人。

我不知道她有没有把这事告诉我母亲。动迁前不久，她去世了。

特拉帕尼的故事讲到这里就完了，我以后再也没有见过他。那个孤苦伶仃的女人把她的男人、她的老虎，同他留下的残忍的武器混为一谈，我从她的故事里似乎看到了一个象征或者许多象征。胡安·穆拉尼亚是在我所熟悉的街道上行走过的人，是有男人思想感情的男人，他尝过死亡的滋味，后来成了一把匕首，现在是匕首的回忆，明天将是遗忘，普普通通的遗忘。

老　夫　人

　　一九四一年一月十四日，玛丽亚·胡斯蒂娜·鲁维奥·德·豪雷吉整整一百岁。她是参加过独立战争的军人中唯一健在的后代。

　　她的父亲马里亚诺·鲁维奥上校算得上一个小有名气的人物。上校出身于外省庄园主家庭，生在施恩会[1]教区，在安第斯军里当过上尉，参加了恰卡布科战役，经历了坎恰拉亚达的挫折，曾在马伊普作战，两年后又参加阿雷基帕的战斗。[2]据说，在阿雷基帕战役前夕，何塞·奥拉瓦里亚[3]和他交换了佩剑，互相勉励。著名的塞罗阿尔托战役发生在一八二三年四月初，由于是在山谷展开的，也称塞罗贝尔梅霍战役。委内瑞拉人总是妒忌我们的荣耀，把这一胜利归功于西蒙·玻利瓦尔将军，可是公正的观察家，阿根廷的历史学家，不会轻易受骗，知道胜利的桂冠应属于马里亚诺·鲁维奥上校。是他率领一团哥伦比亚轻骑兵，扭转了那场胜负难分的马刀和长矛的战斗，为后来同样著名的阿亚库乔战役作了准备。那次战役他也参加了，并且受了伤。一八二七年，他在阿尔韦亚尔[4]直接指挥下在伊图萨因戈英勇作战。他虽然和罗萨斯有亲戚关系，却站在拉瓦列一边，在一次他称之为马刀比试的战斗中击溃了游击队。中央集权派失败后，他移居乌拉圭，在那里结了婚。大战[5]期间，他死于奥里韦[6]白党军队围困下的蒙得维的亚。当时他四十四岁，几乎算是老了。他

1　创建于 1218 年，最初的宗旨是和摩尔人交涉，赎回被俘虏的基督徒。

2　圣马丁于 1817 年 1 月 12 日率领安第斯军在智利恰卡布科山麓大败保皇军队，进军圣地亚哥，后在坎恰拉亚达受挫，1818 年又取得马伊普之役的胜利，奠定了智利的独立。

3　José de Olavarria（1801—1845），阿根廷军人、爱国者。

4　Carlos María de Alvear（1789—1852），阿根廷将军、政治家，1812 年曾和圣马丁一起开展反对西班牙殖民军的斗争，1827 年在伊图萨因戈击败巴西军队。

5　这里的大战是指乌拉圭总统里韦拉对阿根廷独裁者罗萨斯进行的战争，从 1839 年持续到 1852 年，以 1852 年 2 月阿根廷将军乌尔基萨在卡塞罗斯附近大败罗萨斯告终。

6　Manuel Oribe（1792—1857），乌拉圭将军、政治家，1835 至 1838 年间任乌拉圭总统，在罗萨斯支持下反对里韦拉，1842 至 1851 年间围困蒙得维的亚。

和诗人弗洛伦西奥·巴莱拉是朋友。军事学院的教官们很可能不让他毕业，因为他虽然经历过不少战役，可是从没有参加学院考试。他留下两个女儿，玛丽亚·胡斯蒂娜是小女儿，也是我们要介绍的。

一八五三年末，上校的遗孀带了两个女儿在布宜诺斯艾利斯安置下来。她们没能收回被独裁者充公的乡间产业，那些失去的辽阔土地虽然从未见过，却久久留在记忆中。玛丽亚·胡斯蒂娜十六岁时和贝尔纳多·豪雷吉医师结了婚，贝尔纳多不是军人，却在帕冯和塞佩达[1]打过仗，黄热病流行期间，他行医染病身亡。他留下一男二女。长子马里亚诺是税务稽查员，想写一部关于他父亲的详细传记，常去国家图书馆和档案馆查阅资料，但没有完成，也许根本没有动笔。大女儿玛丽亚·埃尔维拉和她的表哥，在财政部工作的萨阿韦德拉结了婚；二女儿胡利亚嫁给莫利纳里先生，他的姓虽然像意大利人，其实是拉丁文教授，很有学问。我不谈孙子和

---

1 帕冯，阿根廷圣菲省的一条河流，1861 年 9 月 17 日，米特雷率领布宜诺斯艾利斯军队在此附近打败乌尔基萨。塞佩达，阿根廷布宜诺斯艾利斯省的一个峡谷，1859 年乌尔基萨率领的军队在此打败米特雷。

重孙辈了，读者已经可以想象出这是一个体面然而没落的家庭，具有史诗般的家史和一个在流亡中出生的女儿。

他们默默无闻地住在巴勒莫，离瓜达卢佩教堂不远，据马里亚诺回忆，坐有轨电车时可以望见那里水塘边几间外墙未经粉刷的小砖屋，不像后来那种用镀锌铁皮搭的棚屋那么寒酸；当时的贫困不如现在工业化给我们带来的贫困那么严重，当时的财富也不像现在这么多。

鲁维奥家住在一个百货商店楼上。楼梯安在一侧，很狭窄；栏杆在右面，通向一个阴暗的门厅，厅里有一个衣架和几把扶手椅。门厅进去是小客厅，里面有些布面的椅子，再进去是饭厅，放着桃花心木的桌椅和一个玻璃柜子。铁皮百叶窗老是关着，光线暗淡。我记得屋里总有一股陈旧的气味。最里面是卧室、卫生间、盥洗室和女佣的房间。家里没有多少书籍，只有一卷安德拉德[1]的诗集，一本有关上校的评述，书后有手写的补充，一部蒙坦纳和西蒙编的西班牙—美洲词典，当初由于分期付款，并且奉送一个搁词典的小书架，才

1　Olegario Victor Andrade（1839—1882），阿根廷诗人，创办了几家报纸，并参加政治活动。

买下这部词典。他们有一笔老是滞后寄来的退休金，和洛马斯德萨莫拉[1]一块土地的租金收入，那是以前大量地产中仅存的一小块。

在我故事所叙说的时期，老夫人和寡居的胡利亚以及她的一个儿子住在一起。她仍旧痛恨阿蒂加斯、罗萨斯和乌尔基萨；第一次欧洲战争使她痛恨那些她知之甚少的德国人，对她说来，那次战争同一八九〇年的革命和塞罗阿尔托的冲锋一般模糊。一九三二年以后的印象逐渐淡忘；常用的比喻是最好的，因为只有它们才是真实的。当然，她信奉天主教，但这并不意味着她信奉三位一体的上帝和灵魂不朽之说。她两手数着念珠，喃喃念着她不太明白其中意义的祷告词。她习惯于过圣诞节，不过复活节和主显节；习惯于喝茶水，不喝马黛。对她来说，新教、犹太教、共济会、异端邪说、无神论等等都是同义词，不说明任何问题。她像父辈们那样从不用"西班牙人"一词，而用"哥特人"[2]。一九一〇年，她不相信来访的西班牙公主谈吐居然出乎意料地像西班牙移民，

---

1 布宜诺斯艾利斯西南郊城市。
2 拉丁美洲独立战争时期对西班牙人的蔑称。

而不像阿根廷贵妇人。这个让人困惑的消息是她女婿丧礼时一个有钱的亲戚告诉她的，此人平时从不登门，有关她的新闻在报纸社交栏里经常可以看到。豪雷吉夫人喜欢用老地名，她平时提到的是艺术街、寺院街、平治街、慈悲街、南长街、北长街、公园广场、前门广场。家里人助长了她这些脱口而出的老话，他们不说乌拉圭人而说东部人。老夫人从不出门，也许她根本没有想到布宜诺斯艾利斯一直在起变化，在扩展。最早的印象是最生动的；在老夫人心目中，家门外的城市还是早在他们不得不迁出市中心以前的模样。那时候，牛拉的大车在九月十一日广场歇脚，巴拉加斯别墅区散发着凋谢的紫罗兰芳香。"我近来梦见的都是死去的亲友，"她最近常说这种话。她并不笨，但据我所知，她从未享受过知性的乐趣；她有的先是记忆，后是遗忘的乐趣。她一向很宽容。我记得她安详明亮的眼睛和微笑的模样。谁知道这个曾经很漂亮的、如今心如死灰的老妇人有过什么火一般的激情呢？她喜爱那些同她相似的、无声无息地生存的花草，在屋里养了几盆秋海棠，有时抚弄她已看不清的叶子。一九二九年后，她变糊涂了，用同样的词句，按同样的顺序，像念天主经似的讲过去的事情，我怀疑那些事情已经和印象对不上号了。她对食物也没有什么辨别能力，给她什么就吃什么。总之，她自个儿过得很滋润。

据说，睡眠是我们最神秘的行为。我们把三分之一的生命用于睡眠，却对它缺乏了解。对于某些人来说，它无非是清醒状态的暂时消失；对于另一些人来说，它是一种同时包含昨天、今天和明天的相当复杂的状态；对于再有一些人，它则是一连串不间断的梦。如果说豪雷吉夫人平静地过了十年浑浑噩噩的时间，也许是错误的；那十年中的每时每刻都可能是既无过去、也无将来的纯粹的现在。我们以日日夜夜、日历的数百页纸张、种种焦虑和事件来计算的现在，并不使我们感到惊异；它是我们每天早晨有记忆之前到每天晚上睡眠之前的经历。我们每天的经历是老夫人的双倍。

我们已经看到，豪雷吉家的处境有点虚幻。他们自以为属于贵族，贵族阶级却不认他们；他们是名门之后，历史书上却不常提到他们那位显赫的祖先的名字。有一条街道确实以那位祖先命名，可是知道那条街道的人很少，几乎埋没在西区公墓深处。

日子来近了。一月十日，一位穿制服的军人上门送达部长本人签署的信件，通知十四日将登门拜访。豪雷吉家把这封信拿给所有的街坊们看，着重指出信笺的印记和亲笔签名。新闻记者开始前来采访。豪雷吉家向他们提供种种资料，显然他们都听说过鲁维奥上校其人。素昧平生的人打电话来希望得到邀请。

　　全家人为那个重要的日子辛勤准备。他们给地板上蜡，擦拭窗玻璃，掸掉蜘蛛网，擦亮桃花心木家具和玻璃柜子里的银器，变换房间的布置，揭开客厅里钢琴的盖子，露出丝绒的琴键罩。人们进进出出，忙碌非常，唯有似乎什么都不明白的豪雷吉夫人置身事外。她微笑着，胡利亚让女佣帮忙，准备入殓似的把她打扮了一番。来宾进门首先看到的是上校的油画像，画像右下方搁着那把久经战斗的佩剑。家里生活最困难的时候也没有把剑卖掉，他们打算以后捐赠给历史博物馆。一位殷勤的邻居搬来一盆天竺葵，借给他们做装饰。

　　聚会预计七点钟开始。请柬上的时间定在六点半，因为他们知道谁都不愿意准时到场，像插蜡烛似的傻等着。七点十分，一个客人的影子都没有，家人们悻悻地议论不守时的优缺点。埃尔维拉自以为是准时到的，他说让别人久等是不可饶恕的失礼；胡利亚重复她丈夫的意见说迟到是一种礼貌，因为大家都迟到的话，谁也不会感到窘迫。七点十五分，屋里挤满了人。街坊们看到菲格罗亚夫人的汽车和司机，欣羡不已，她虽然从不请街坊们去做客，街坊们仍旧热情接待她，免得有人以为他们只在主教的葬礼上才见面。总统派了副官前来，那位和蔼可亲的先生说，能和塞罗阿尔托战役的英雄的女儿握手是他莫大的荣幸。部长要提前退席，念了一个简短的讲话稿，讲话中提到圣马丁的地方比提到鲁维奥上校为多。老夫人坐在大扶手椅里，垫了好几个枕头，时不时耷拉下脑袋或者落掉手里的折扇。一批名门闺秀在她面前唱了国歌，她似乎没有听到。摄影师们根据艺术要求请来宾们摆出种种姿势，连连使用镁光灯。红白葡萄酒不够喝了，又开了几瓶香槟。豪雷吉夫人一句话也没说：她也许已经不知道自己是谁了。从那晚开始，她便卧床不起。

外人离去后，豪雷吉家吃了一些冷食当晚饭。烟叶和咖啡的气味盖过了淡淡的安息香味。

第二天的晨报和日报恪尽厥职地撒了谎；赞扬英雄的女

儿奇迹般的记忆力，说她是"阿根廷百年历史的活档案"。胡利亚想让她也看看这些报道。老夫人在昏暗的房间里闭着眼睛，一动不动。她没有发烧，医生替她做了检查，宣布一切正常。几天后，老夫人溘然去世。大批客人的闯入、前所未有的混乱、镁光灯的闪烁、部长的讲话、穿制服的人、频频握手、开香槟酒的瓶塞声响，这一切加速了她的死亡。她或许以为玉米棒子党[1]又来了。

我想到塞罗阿尔托阵亡的战士们，想到死于马蹄践踏的美洲和西班牙被遗忘的人们；我想，一个多世纪之后，秘鲁那场马刀长矛的混战最后的牺牲者是一位老夫人。

---

1 罗萨斯统治布宜诺斯艾利斯时期，他领导的人民复兴党横行霸道，无恶不作，百姓称之为玉米棒子党，因为该党的标志有玉米棒子图案。

决　斗

献给胡安·奥斯瓦尔多·维维亚诺

　　我故事的两个主角之一，菲格罗亚夫人，把亨利·詹姆斯的作品介绍给我，他没有忽视历史，在那方面用了一百多页讽刺和温情的篇幅，其中穿插着复杂并且故意含混的对话，可能还添加了一些过分虚假的感情色彩。不同的地理背景：伦敦或波士顿，并没有改变本质的东西。我们的故事既然发生在布宜诺斯艾利斯，我也就不加更动了。我只谈梗概，因为描写它缓慢的演变过程和世俗的环境不符合我的文学创作习惯。对我说来，写下这个故事只是一件顺便的小事。我要提请读者注意的是情节并不重要，重要的是人物和局面形成的原因。

克拉拉·格伦凯恩·德·菲格罗亚性情高傲，身材高挑，头发像火一般红。她才华并不出众，智力不及理解力那么强，但能欣赏别人，包括别的女人的才华。她心胸宽阔，兼容并包，喜爱世界的丰富多彩；也许正由于这个原因，她到处旅行。她知道命中注定的环境有时是毫无道理的仪式的组合，但这些仪式使她感到有趣，便认真执行。她很年轻的时候奉父母之命和伊西多罗·菲格罗亚博士结了婚，博士曾经出任阿根廷驻加拿大的大使，后来辞去了职务，理由是在电报、电话普及的时代，大使馆不合时代潮流，只能增加负担。他的决定招来同事们的普遍忿恨；克拉拉喜欢渥太华的气候——说到头，她毕竟有苏格兰血统——何况大使夫人的身份并不让她感到讨厌，但她没有反对博士的主张。之后不久，菲格罗亚去世了；克拉拉经过几年犹豫和思索，决定从事绘画，这一决定或许是从她的朋友玛尔塔·皮萨罗的榜样得到的启发。

人们提起玛尔塔·皮萨罗时，都说她和聪明过人的、结婚后又离异的内利达·萨拉像是一对姐妹。

在选择画笔之前，玛尔塔·皮萨罗也曾考虑过从事文学。

她原可以用法文写作，因为她习惯于阅读法文书籍；西班牙文是她在家里使用的工具，正如科连特斯省的太太们使用瓜拉尼语一样。她在报刊上经常可以看到卢贡内斯和马德里人奥尔特加-加塞特[1]的作品；那两位大师的风格证实了她的猜测：她命中注定要使用的语言只适于炫示辞藻，不适于表达深邃的思想或澎湃的激情。她的音乐知识限于参加音乐会时不会出乖露怯。她是圣路易斯人，她精心绘制了胡安·克里索斯托莫·拉菲努尔[2]和帕斯夸尔·普林格斯[3]上校的肖像，作为她的绘画生涯的开端，不出所料，那些画像果然由省博物馆收购。她从本乡本土的名人的肖像画转向布宜诺斯艾利斯古老房屋的风景画，用文静的色彩描绘优雅的庭院，不像别人那样处理得俗不可耐。有些人——当然不是菲格罗亚夫人——说她的艺术具备十九世纪热那亚艺术大师的韵味。克拉拉·格伦凯恩和内利达·萨拉（据说萨拉对菲格罗亚博士曾有好感）之间一直存在

1　José Ortega y Gasset（1883—1955），西班牙哲学家、散文作家，著有《吉诃德的冥想》、《艺术的非人性化》、《大众的反叛》等。

2　Juan Crisóstomo Lafinur（1797—1827），阿根廷诗人。

3　Juan Pascual Pringles（1795—1831），阿根廷军人，独立战争中功勋卓越。

某种敌对的态度；她们两人明争暗斗，玛尔塔只是工具而已。

众所周知，这一切是在别的国家开始的，最后才传到我们的国家。众多的例子之一是那个名为具体或抽象的画派，由于蔑视逻辑和绘画语言，今天已经很不公正地遭到遗忘。那一派振振有词说，音乐既然可以创造一个特有的声音世界，那么音乐的姐妹，绘画，当然也可以尝试我们所见事物的没有呈现出来的色彩和形式。李·卡普兰说，他的绘画虽然不受资产阶级青睐，但完全遵照《圣经》里不准人类塑造偶像的禁律（伊斯兰教也有同样的规矩）。他认为，绘画艺术的真正传统遭到丢勒[1]或伦勃朗[2]之类的异端分子的歪曲，而反对偶像崇拜的人正在恢复它。攻击他的人则说他乞灵于地毯、万花筒和领带的图案。美学革命提供了不负责任的、不费力气的诱惑；克拉拉·格伦凯恩选择了抽象画的道路。她一向崇拜透纳[3]，打

---

1 Alberto Durero (1471—1528)，德国画家、雕塑家，德国绘画文艺复兴的领导人物，名作有《骑士、死亡与魔鬼》等。

2 Rembrandt van Rijn (1606—1669)，荷兰画家，在明暗处理方面有独到之处，名作有《蒂尔普医生的解剖课》、《守夜》，以及大量宗教和神话题材的绘画。

3 Joseph Mallord William Turner (1775—1851)，英国水彩画家，作品光线效果极佳。

算靠她尚未确立的辉煌成就来弘扬具体艺术。她稳扎稳打地工作着，有的作品推倒重来，有的弃而不用，一九五四年冬天，在苏帕查街一家专门陈列当时流行的所谓先锋派作品的画廊里展出了一系列蛋黄彩画。不可思议的事发生了：公众的一般反应还算良好，但是该派的机关刊物抨击了违反常规的形式，说那些简单的圆圈和线条即使不属象征性的，至少使人联想到落日、丛林或者海洋的混乱景象。克拉拉·格伦凯恩暗自好笑。她想走现代派的道路，却被现代派拒之门外。她专心工作，不问成果。这个插曲并不能影响她的绘画风格。

隐秘的决斗已经开始。玛尔塔不仅是艺术家，她还热衷于可以称为艺术管理的工作，在一个名叫乔托[1]画社的协会里担任秘书。一九五五年中期，她设法让已经是会员的克拉拉在协会新的领导班子里充当发言人。这件事表面上无足轻重，但值得细细揣摩。玛尔塔帮了她朋友的忙，然而不容置疑却有点神秘的是，有惠于人的人比受惠的人高出一筹。

一九六〇年，"两支具有国际水平的画笔"——请原谅这

1　Giotto（1266—1337），意大利佛罗伦萨画家，但丁的好友，现代绘画创始人之一。这里的画社以他命名。

句套话——竞选一等奖。年长的一位候选者用浓重的油彩表现了一个斯堪的纳维亚型高大的高乔人的凶悍形象，他的年轻得多的对手努力用毫无联系的笔触赢得了喝彩和惊愕。评委们都已年过半百，唯恐人们说他们观点落后，心里尽管厌恶，仍倾向于进行表决。经过激烈辩论后，大家意见不能统一，起先还注意礼貌，后来感到腻烦了。第三次讨论时，有人提出：

"我认为乙画不好，实际上我觉得还不及菲格罗亚夫人的作品。"

"您投她一票吗？"

"不错，"前者赌气说。

当天下午，评委们一致同意把奖项授予克拉拉·格伦凯恩。她人品好，人缘也好，常在她比拉尔街的别墅举行招待会，一流的刊物派记者前去采访摄影。这次祝贺晚宴是玛尔塔组织提供的。克拉拉发表了简短得体的讲话，向她表示感谢；她说传统和创新、常规和探索之间并不存在对抗，实际上，传统是由长年累月的探索形成的。出席展览会的有不少社会名流，几乎全体评委，以及个别画家。

我们认为偶然性总是差强人意，而其他机会要好一些。高乔崇拜和幸福向往是都市人的怀旧心理；克拉拉·格伦凯恩和玛尔塔厌烦了一成不变的闲适生活，向往那些毕生致力于创造美好事物的艺术家的世界。我猜想，天堂里的有福之人大概认为那里的优点被从未到过天堂的神学家们夸大了。被打入地狱的人也许并不觉得地狱里总是可怕的。

　　两年后，第一届拉丁美洲造型艺术国际代表大会在卡塔赫纳市[1]举行。各个共和国都派出代表。会议主题很有现实意义：艺术家能否摆脱地方色彩？能否回避本乡本土的动植物，不涉及具有社会性质的问题，不附和反对撒克逊帝国主义的斗争？等等。菲格罗亚博士在出任驻加拿大大使前曾经在卡塔赫纳担任外交职务，克拉拉为上次得奖而自豪，希望这次以艺术家的身份旧地重游。这一希望落了空，政府指定玛尔塔·皮萨罗为代表。根据驻布宜诺斯艾利斯记者们不偏不倚的看法，她的成绩虽然不老是令人信服，还算得上是杰出的。

　　生活要求激情。两个女人在绘画中，或者说得更确切一

1　哥伦比亚北部港口城市。

点，在绘画促成她们之间的关系中，找到了激情。可以说，克拉拉·格伦凯恩是为了玛尔塔，想压倒她而绘画的；她们互为对方作品的评判和孤独的观众。我不可避免地在那些如今已无人欣赏的画幅中注意到了她们之间的一种相互影响。不应忘记，她们两人是有好感的，在那场隐秘的决斗中，两人一贯光明磊落。

在此期间，年纪已经不轻的玛尔塔拒绝了一次结婚的机会，她只关心她的斗争。

一九六四年二月二日，克拉拉·格伦凯恩死于动脉瘤。报上刊登了有关她的大幅讣告，在我们的国家里，这仍旧必不可少，因为妇女被认为是一个性别的成员，而不是个人。除了匆匆提到她对绘画的爱好和高雅的品位外，大量文字用于叙说她的虔诚、善良、一贯的几乎隐名的善举、她显赫的家世——格伦凯恩将军曾参加巴西战役——以及她在上层社会的杰出地位。玛尔塔觉得她的生活已经没有意义了。她从未像现在这样感到空虚。她想起了早期的情景，便在国家艺术馆展出一幅朴素的克拉拉的画像，是用她们两人都喜爱的英国大师们的笔法绘制的。有人评论说这是她最优秀的作品。

此后，她再也没有拿起画笔。

　　只有少数几个亲密朋友注意到那场微妙的决斗，其中既无失败也无胜利，甚至没有值得一提的冲突或其他明显的情况。唯有上帝（我们不了解他的审美爱好）才能授予最后的桂冠。在黑暗中运行的历史将在黑暗中结束。

决斗（另篇）

多年前一个夏天的傍晚，小说家卡洛斯·雷伊莱斯[1]的儿子卡洛斯在阿德罗格对我讲了下面的故事。长期积怨的历史及其悲惨的结局如今在我记忆里已和蓝桉树的药香和鸟叫混在一起。

我们和往常一样，谈论的是阿根廷和乌拉圭混乱的历史。卡洛斯说我肯定听人提到胡安·帕特里西奥·诺兰其人，他以勇敢、爱开玩笑、调皮捣乱出名。我撒谎说知道这个人。诺兰是一八九〇年前后去世的，但人们仍常像想念朋友似的想起他。也有说他坏话的人，这种人总不缺少。卡洛斯把他许多胡闹行为中的一件讲给我听。事情发生在泉城战役前不久，主角是塞罗拉尔戈的两个高乔人，曼努埃尔·卡多索和卡曼·西尔韦拉。

他们之间的仇恨是怎么形成的，原因何在？那两个人除了临终前的决斗之外没有惊人的事迹，一个世纪以后怎么能勾起他们隐秘的故事？雷伊莱斯父亲家的一个工头，名叫拉德雷查，"长着老虎般的胡子"，从老辈人嘴里听到一些细节，我现在照搬过来，对于它们的真实性信心不是很大，因为遗忘和记忆都富有创造性。

曼努埃尔·卡多索和卡曼·西尔韦拉的牧场是毗连的。正如别的激情一样，仇恨的根源总是暧昧不清的，不过据说起因是争夺几头没有烙印的牲口或者是一次赛马，西尔韦拉力气比较大，把卡多索的马挤出了赛马场。几个月后，两人在当地的商店里一对一地赌纸牌，摸十五点，西尔韦拉每盘开始时都祝对手好运，但最后把对手身边的钱统统赢了过来，一枚铜币都没给他留下。他一面把钱装进腰包，一面感谢卡多索给他上了一课。我认为他们那时候几乎干了起来。争吵

---

1 Carlos Reyles（1868—1938），乌拉圭小说家，著有长篇小说《塞维利亚的魅力》、《高乔人弗洛里多》、《该隐的种族》，短篇小说集《多梅尼科》、《戈雅的任性》和散文集《天鹅之死》、《激励》等。

十分激烈，在场的人很多，把他们拆开了。当时的风气粗犷，人们动辄拔刀相见；曼努埃尔·卡多索和卡曼·西尔韦拉的故事独特之处在于他们无论在傍晚或清晨不止一次地会动刀子，而直到最后才真干。也许他们简单贫乏的生活中除了仇恨之外没有别的财富，因此他们一直蓄而不泄。两人相互成了对方的奴隶而不自知。

我不知道我叙述的这些事究竟是果还是因。卡多索为了找些事做，并不真心实意地爱上了一个邻居的姑娘塞尔维利安娜；西尔韦拉一听说这事，就按自己的方式追求那姑娘，把她弄上手，带到牧场。过了几个月，觉得那个女的烦人，又把她赶走。女人一气之下去投奔卡多索，卡多索同她睡了一夜，第二天中午把她打发走了。他不愿要对手的残羹剩饭。

在塞尔维利安娜事件前后，那些年里又出了牧羊犬的事。西尔韦拉特别宠爱那条狗，给它起名"三十三"[1]。后来狗失踪

1　1825 年，乌拉圭独立运动领袖拉瓦列哈上校率领三十三名乌拉圭爱国者在阿格拉西亚达海滩登陆，在当地数百名志士协助下围困蒙得维的亚，宣布独立，队伍逐渐扩大到两千人，击败了巴西占领军。为纪念这一事件，乌拉圭有两个省分别命名为"拉瓦列哈"和"三十三人"。

了，在一条沟里发现了它的尸体。西尔韦拉一直怀疑有人投了毒。

一八七〇年冬季，阿帕里西奥[1]革命爆发时，他们两人正好在上次赌牌的那家酒店。一个巴西混血儿率领了一小队骑马来的起义者向酒店里的人动员，说是祖国需要他们，政府派的压迫再也不能忍受，向在场的人分发白党标志，大家并没有听懂这番话的意思，但都跟着走了，甚至没有向家人告别。曼努埃尔·卡多索和卡曼·西尔韦拉接受了命运的安排；当兵的生活并不比高乔人的生活艰苦。幕天席地枕着马鞍睡觉对他们并不是新鲜事；他们习惯于宰牲口，杀人当然也不困难。他们想象力一般，从而不受恐惧和怜悯的支配，虽然冲锋陷阵之前有时也感到恐惧。骑兵投入战斗时总能听到马镫和兵器的震动声。人们只要开始时不负伤就以为自己刀枪不入了。他们认为领饷是天经地义的事。祖国的概念对他们比较陌生；尽管帽子上带着标志，他们为哪一方打仗都一样。他们学会了使用长矛。在前进和后撤的行军过程中，他们终

---

1 Aparicio（1814—1882），乌拉圭军人，1871 年率领白党起义，在泉城被击败。

于觉得虽然是伙伴，仍旧可以继续相互为敌。他们并肩战斗，但据我们所知，从不交谈。

一八七一年秋季形势不利，他们的气数已尽。

战斗前后不到一小时，是在一个不知名的地点进行的。地名都是历史学家们事后加上的。战斗前夕，卡多索蹑手蹑脚走进指挥官的帐篷，低声请求说，如果明天打胜仗，留个红党俘虏给他，因为他迄今没有砍过人头，想试试究竟是怎么回事。指挥官答应了他，说是只要他表现勇敢，就让他满足这一心愿。

白党人数较多，但对方武器精良，占据山冈有利地形把他们杀得死伤狼藉。他们两次冲锋都没能冲上山顶，指挥官受了重伤，认输投降。对方应他的要求，就地杀死了他，免得他受罪。

白党士兵放下了武器。指挥红党军队的胡安·帕特里西奥·诺兰十分繁琐地布置了惯常的俘虏处决。他是塞罗拉尔戈人，对于西尔韦拉和卡多索之间的夙怨早有所闻。他把两人找来，对他们说：

"我知道你们两人势不两立，早就想拼个你死我活。我有个好消息告诉你们，太阳下山之前，你们就能表明谁是好汉。我让你们每人脖子上先挨一刀，然后你们赛跑。上帝知道谁获胜。"

把他们押来的士兵又把他们带了下去。

消息很快就传遍整个宿营地。诺兰事先决定赛跑是下午活动的压轴戏，但是俘虏们推出一个代表对他说他们也想观看，并且在两人之中一人身上下赌注。诺兰是个通情达理的人，同意俘虏们的请求；于是大家纷纷打赌，赌注有现钱、马具、刀剑和马匹，本来这些东西应该及时交给遗孀和亲戚的。天气热得出奇，为了保证大家午睡，活动推到四点钟开始（他们花了好大劲才叫醒西尔韦拉）。诺兰按照当地白人的风俗，又让大家等了一小时。他和别的军官们谈论胜利，马弁端了茶壶进进出出。

泥土路两边帐篷前面是一排排的俘虏，坐在地上，双手反绑，免得他们闹事。不时有人骂娘，一个俘虏开始念祈祷文时，几乎所有的人都显得吃惊。当然，他们抽不了烟。现在他们不关心赛跑了，不过大家还是观看。

"他们也要吹我的灯，"一个俘虏含着妒意说。

"不错，不过是成堆干的，"旁边一个说。

"跟你一样，"对方顶了他一句。

一个军士长用马刀在泥土路上画一道横线。西尔韦拉和卡多索给松了绑，以免影响他们奔跑。两人相距四米左右。他们在起跑线后面站好，有几个军官请求他们别对不起人，因为对他们的希望很大，押在他们身上的赌注可观。

西尔韦拉由混血儿诺兰处置，诺兰的祖辈无疑是上尉家族的奴隶，因此沿用了诺兰这个姓；卡多索由一个正规的刽子手处置，那是一个上了年纪的科连特斯人，为了让受刑人安心，他总是拍拍受刑人的肩膀说："别害怕，朋友，娘儿们生孩子比这更遭罪。"

两人身子朝前倾，急于起跑，谁都不看对手。

诺兰上尉发出讯号。

混血儿诺兰为自己担任的角色骄傲，一激动手下失掉了准头，砍了一条从一侧耳朵连到另一侧耳朵的大口子；科连特斯人干得干净利落，只开了一个窄窄的口子。鲜血从口子里汩汩冒出来；两个人朝前跑了几步，俯面趴在地上。卡多索摔倒时伸出胳臂。他赢了，不过也许自己根本不知道。

瓜亚基尔

我不必看伊格罗塔山峰在普拉西多湾洋面上投下的倒影，不必去西岸共和国，不必在图书馆里辨认玻利瓦尔的手迹，我在布宜诺斯艾利斯完全可以揣摩出它确切的形状和难解的谜团。

我把前面一段文字重新看了一遍，准备接着往下写时，它那忧伤而又夸大的笔调使我感到惊讶。一提那个加勒比海的共和国，似乎不能不遥想到它大名鼎鼎、笔力千钧的历史学家何塞·科泽尼奥夫斯基，但是就我的情况而言，还有另一个理由。我写第一段的隐秘的目的是给一个令人痛心而又无足轻重的事件增添一些伤感色彩。我把经过情况和盘托出，或许有助于我对事件的理解。此外，如实说出一件事情的时候，行为人就成了见证人，观察者和叙说者就不再是执行者了。

事情是上星期五发生的，地点就在我目前写作的这个房间，时间也是下午这会儿，不过天气没有现在这么凉快。我知道我们倾向于忘掉不愉快的事；因此，我得在淡忘之前赶紧记下我同爱德华多·齐默尔曼博士的对话。我现在的印象仍很清晰。

为了便于理解，我先得回顾一下玻利瓦尔几封信件的奇特的经历。阿韦亚诺斯博士著有一部《五十年混乱史》，原稿在众所周知的情况下据说已经遗失，但由他的孙子里卡多·阿韦亚诺斯博士于一九三九年发现出版，玻利瓦尔的信件就是从老博士的资料中发掘出来的。根据我从各种刊物收集来的资料判断，这些信件意义不大，但有一封一八二二年八月二十三日从卡塔赫纳发出的信件却非同小可，"解放者"在信里谈到他和圣马丁将军会晤的细节。玻利瓦尔如果在文件里披露了瓜亚基尔会晤的情况，即使只有一小部分，它的价值怎么估计也不会过高。里卡多·阿韦亚诺斯博士一向坚决反对文牍主义，不愿把信交给历史研究所，却想提供给拉丁美洲的共和国。我们的大使梅拉萨博士的工作十分出色，阿根廷政府首先接受了这一无私的奉献。双方商定由阿根廷政府派代表前去西岸共和国首都苏拉科，把信件抄录下来，在国内发表。我担任美洲历史教授的那所大学的校长向部长推荐我去完成那一使命，由于我又是国家历史研究所研究员，基本上得到该所的一致认可。部长接见我的日期已经定了下来，却有消息说南方大学提出，由齐默尔曼博士作为他们的人选，我只能假设南方大学事先不清楚我们的决定。

读者也许知道，齐默尔曼是一个编纂历史的外国学者，遭到第三帝国驱逐，如今是阿根廷公民。他的工作无疑是值得表彰的，但我只看到一篇他根据后世参考罗马历史学家的评论而写的为迦太基犹太共和国辩护的文章，以及一篇主张政府的职能不应是明显和痛苦的论文似的东西。这一论点理所当然地遭到马丁·海德格尔[1]的坚决驳斥，他用报刊标题的影印件证明，现代的国家首脑远非默默无闻的人物，而是喜爱人民戏剧的主角、赞助人和领舞，有华丽的舞台布景为他

1 Martin Heidegger（1889—1976），德国哲学家，存在主义学说创始人之一，著有《存在与时间》等。

衬托，会毫不犹豫地运用演说技巧。他还证实齐默尔曼有希伯来血统（为了不明说犹太血统）。这位令人尊敬的存在主义者的文章直接促使了我们的客人流亡国外，闯荡世界。

毫无疑问，齐默尔曼来布宜诺斯艾利斯的目的是为了晋见部长；部长通过秘书建议我和齐默尔曼谈谈，让他了解情况，避免两所大学闹得不痛快。我自然同意。我回到家里时，家里人说齐默尔曼博士已经来电话通知下午六时来访。大家知道，我住在智利街。六点整，门铃响了。

作为平头百姓，我亲自去开门，带他进我的书房。他在庭院里站住，打量了一下周遭；黑白两色的地砖、两株玉兰树和雨水池引起他一番评论。我觉得他有点紧张。他没有特别的地方：年龄四十左右，脑袋显得稍稍大了一些。他戴茶晶眼镜，有一次摘下来，随即又戴好。我们互相寒暄时，我得意地发觉自己比他高一点，但马上为我的得意感到惭愧；因为我们毕竟不进行体力或智力的搏斗，只是可能不太舒服地澄清问题。我不善于或者根本不会观察别人，但是我记得他那身别扭的打扮，让我想起某位诗人描写丑陋时的丑陋语言。至今我仍记得他衣服的颜色蓝得刺眼，纽扣和口袋太多。

他的领带像是魔术师的双扣套索。他带着一个皮公文包，估计里面全是文件。他留着两撇军人似的小胡子，谈话时点燃了一支雪茄烟，当时给我的印象是那张脸上的东西太多了。太拥挤了，我想道。

语言的连续性不恰当地夸大了我们所说的事实，因为每个字在书页上占一个位置，在读者心里占一个瞬间；除了我列举的细节外，那个人给人以经历坎坷的印象。

书房里有参加过独立战争的我的曾祖父的一帧椭圆形照片和一个放着佩剑、勋章和旌旗的玻璃柜子。我把那些有光荣历史的旧物指点给他看，还作一些说明；他像是完成任务似的迅速扫视一下，无意识而机械地接过我的话头，有时不免显得自以为是。例如，他说：

"不错。胡宁战役。一八二四年八月六日。华雷斯的骑兵的冲锋。"

"苏亚雷斯的骑兵，"我纠正他说。

我怀疑他故意说错名字。他仿佛东方人那样摊开双臂惊呼道：

"我的第一个错误，并且不会是最后一个！我这些知识是从书本上看来的，容易搞混；您对历史却有鲜明的记忆。"

他发音不准，"勒""纳"不分。

这类恭维并不使我高兴。屋里的书籍却引起了他的兴趣。他几乎深情地浏览那些书名，我记得他是这么说的：

"啊，叔本华，他总是不信历史……格里泽巴赫印刷的版本，我在布拉格的家里有一本一模一样的，我原希望和那些称心的书本为友，安度晚年，然而正是历史，体现在一个疯子身上的历史，把我赶出了我的那个家、那个城市。如今我和您在一起，在美洲，在您府上……"

他说话很快，但不准确，西班牙语发音里带着明显的德语口音。

我们已经坐好，我借他的话切入正题。我对他说：

"这里的历史比较仁慈。我在这栋房屋里出生，打算在这里老死了。这柄剑陪伴我的曾祖父转战美洲，最后给带到这里；我在这里对过去进行思考，写我的书。几乎可以说我从未离开过这间书房，可是现在我终于要出去了，到我只在地图上见过的国度去开开眼界。"

我微微一笑，淡化刚才说的可能过头的话。

"您指的是加勒比海的某个共和国吗？"齐默尔曼说。

"正是。我不久就要动身了，承蒙您在我离开之前来访，"我说。

特里尼达替我们端来了咖啡。我自信地接着缓缓说：

"您大概已经知道部长给了我任务，派我去抄录阿韦亚诺斯博士资料里偶然发现的玻利瓦尔的信件，并且撰写一篇绪言。这一任务是我一生工作的顶峰，有机会由我来做实在太幸运了，从某种意义上说，它是我生而有之、在我血管里流动的东西。"

我把该说的话说了出来，松了一口气。齐默尔曼似乎没有听进去，他不瞧我的脸，却望着我身后的书籍，含含糊糊地点点头，着重说：

"在血管里流动。您是真正的历史学家。您的人在美洲土地上驰骋，进行伟大的战役，而我的人默默无闻，在犹太人区里几乎抬不起头。用您雄辩的语言来说，历史在您血管里流动，您只要倾听它隐秘的流动声就够了。我不一样，我必须到苏拉科去辨认文件，可能是伪托的文件。请相信我，博士，您的条件让我妒忌。"

81

他的话里没有流露出挑战或者嘲弄，而是表达一种意愿，使未来成为不可逆转的既成事实的意愿。他的论点并不重要，有力的是他的为人，他的雄辩。齐默尔曼像讲课似的悠悠地接着说：

　　"在玻利瓦尔研究方面（对不起，应该说圣马丁），亲爱的老师，您的地位已经确立[1]。我还没有看到玻利瓦尔那封有关的信件，但是不可避免或者合乎情理地猜测，玻利瓦尔写那封信的目的是自我辩解。不管怎样，那封受到炒作的信件向我们披露的，将是我们可以称作玻利瓦尔派而不是圣马丁派的情况。一旦公之于世，必须对它作出评估、审查，用批判的眼光加以甄别，必要时，加以驳斥。作出最后判断的最合适的人选将是洞察秋毫的您。如果按照科学的严格要求，您可以用放大镜、手术刀、解剖刀！请允许我再补充一句，传播这封信件的人的姓名将和信联系在一起。这种联系对您无论如何是不合适的。公众发现不了细微的差异。"

　　我明白，我们再怎么辩论下去到头来仍是白费口舌。当

1　原文为法文。

时我或许已经感到了；为了避免同他正面冲突，我抓住一个细节，问他是不是真的认为信件是伪托的。

"就算是玻利瓦尔亲笔写的，"他回说。"也不说明里面讲的全是真话。玻利瓦尔可能欺骗对方，也可能是他自己搞错了。您是历史学家，是善于思考的人，您比我清楚，奥妙之处不在文字，在于我们本身。"

那些夸夸其谈的空话让我厌烦，我不客气地指出，瓜亚基尔会晤时，圣马丁将军放弃了他的雄心壮志，把美洲的命运交给了玻利瓦尔，我们周围的众多谜团里，这也是一个值得研究的不解之谜。

齐默尔曼说：

"各种解释都有……有人猜测圣马丁落进了一个圈套；有人，例如萨缅托[1]，认为圣马丁受的是欧洲教育，在欧洲参加过对拿破仑的战争，对美洲的情况很不理解；再有，主要是阿根廷人，说他忘我无私，还有说他是由于心力交瘁。有些

---

1 Domingo Faustino Sarmiento（1811—1888），阿根廷政治家、作家、教育家。1868 至 1874 年间任阿根廷总统。著有小说《法昆多，文明与野蛮》、政论《美洲种族的冲突与和谐》等。

人甚至归因于某些共济会性质的秘密社团。"

我指出，不管怎样，能了解秘鲁保护者和拉丁美洲解放者确切说过什么话总是一件有意义的事。

齐默尔曼断然说：

"他们交谈时说什么话也许无关紧要。两个人在瓜亚基尔相遇；如果一个压倒了另一个，是因为他具有更坚强的意志，不是因为他能言善辩。您明白，我没有忘记我的叔本华。"

他微笑着补充说：

"语言，语言，语言。莎士比亚，无与伦比的语言大师，却鄙视语言。不论在瓜亚基尔，还是在布宜诺斯艾利斯或者布拉格，语言的分量始终不及人重。"

那时，我感到有什么事正在我们中间发生，说得更确切些，已经发生了。我们仿佛已经不是原来的我们。书房里暗了下来，还没有点灯。我似乎漫无目的地问道：

"您是布拉格人，博士？"

"以前是布拉格人，"他答道。

为了回避中心问题，我说道：

"那准是一个奇特的城市。我没有去过，但是我看的第一本德文书是梅林克[1]写的《假人》。"

齐默尔曼说:

"古斯塔夫·梅林克的作品里只有这部值得记住。其余的作为文学作品相当差劲,作为通神论的作品更加糟糕,最好不去看。不管怎么,那本梦中套梦的书里确实表现了布拉格的奇特之处。布拉格的一切都很奇特,您也可以说,什么都不奇特。什么事都有可能发生。我在伦敦时,某个傍晚也有同样的感觉。"

"您刚才谈到意志,"他说。"马比诺吉昂[2]里有个故事说两位国王在山顶下棋,他们各自的军队在山下厮杀。一位国王赢了棋;传令兵骑马上山报告说,输棋的那位国王的军队打了败仗。人的战斗反映在棋盘上。"

"您瞧,魔法的作用,"齐默尔曼说。

我回答道:

1　Gustav Meyrink（1868—1932），奥地利小说家、剧作家。
2　中世纪威尔士的系列传奇,主要是亚瑟王和圆桌骑士的故事,语言古拙。英国作家马洛礼（Thomas Malory, 1395—1471）写的《亚瑟王之死》里许多故事取材于此。

"或者是意志在两种不同的战场上的表现。凯尔特人也有一个故事讲的是两个有名的吟唱诗人的比赛。一个诗人弹着竖琴，从黎明唱到黄昏。星星和月亮爬上来时，他把竖琴交给对手。后者把琴搁在一边，站起身。前者认输了。"

"多么睿智，多么简练！"齐默尔曼惊叹道。

他平静后接着说：

"我得承认，我对不列颠知道得太少了，实在惭愧。您像白天一样涵盖了西方和东方，而我只局限于我的迦太基一角，现在我用少许美洲历史来补充我的不足。我只能循序渐进。"

他的声调里带有希伯来和日耳曼的谦卑，但我认为他已经胜券在握，说几句奉承我的话对他毫无损失。

他请我不必为他此行的安排费心（他说的是此行的"有关事宜"）。随即他从公文包里取出一封早已写好的给部长的信，信中用我的名义说明我辞去任务的理由和齐默尔曼博士公认的资格，并且把他的自来水笔塞到我手里，让我签名。他收好那封信时，我瞥见了他的已经确认的从埃塞萨到苏拉科的飞机票。

他离去时，再次站在叔本华的作品前面说：

"我们的老师，共同的老师，有句名言：世上没有不自觉的行为。如果您待在这座房屋，您祖传的这座宽敞的房屋，是因为您内心想留在这里不走。我尊重并且感谢您的决定。"

我一言不发地接受了他最后的施舍。

我送他到大门口。告别时，他说：

"咖啡好极了。"

我把这些杂乱无章的东西看了一遍，毫不迟疑地扔进火炉。这次会晤时间很短。

我有预感，我不会在这件事上再提笔了。我的主意已定。[1]

1　原文为法文。

《马可福音》

故事发生在胡宁县¹南端的白杨庄园，时间是一九二八年三月底。主人公是一个名叫巴尔塔萨·埃斯比诺萨的医科学生。我们不妨把他当成许许多多布宜诺斯艾利斯青年中的一个，除了善于演讲，在拉莫斯·梅希亚英语学校不止一次得奖，以及心地极其善良之外，几乎没有值得一提的特点。他虽有口才，却不喜欢辩论，宁愿对话者比自己有理。他喜欢赌博的刺激，但输的时候多，因为赢钱使他不快。他聪颖开通，只是生性懒散；年纪已有三十三岁，还没有找到对他最有吸引力的专业，因此没有毕业。他父亲和同时代的绅士们一样，是自由思想者，用赫伯特·斯宾塞²的学说教导他，但是他母亲在去蒙得维的亚之前，要他每晚念天主经，在身上画十字。多年来他从未违反过这个诺言。他不缺勇气；一天上午有几个同学想强迫他参加罢课，他挥拳相向，不完全是因为愤怒，更多的是由于漠不关心。他生性随和，有不少见解或习惯却不能令人赞同，比如说，他不关心国家，却担心别地方的人认为我们还是用羽毛装饰的野人；他景仰法国，但蔑视法国人；他瞧不起美国人，但赞成布宜诺斯艾利斯盖起摩天大厦；他认为平原的高乔人骑术比山区的高乔人高明。当他的表哥丹尼尔邀他去白杨庄园过暑假时，他马上同意，并不是因为他喜欢乡村生活，而是因为他不愿意让别人扫兴，因为他找不出适当的理由可以拒绝。

庄园的正宅很大，有点失修，总管住的偏屋离得很近。总管姓古特雷，一家三口人：父亲、一个特别粗鲁的儿子、一个不像是亲生的女儿。三个人都瘦长，结实，骨架很大，头发有点红，面相像印第安人。他们几乎不开口。总管的老婆死了好几年。

---

1 阿根廷有两个地方称胡宁：一是西北部的胡宁省；一是布宜诺斯艾利斯省的胡宁县（今称市），在首都西南，紧挨萨拉多河。
2 Herbert Spencer（1820—1903），英国哲学家、社会学家。

埃斯比诺萨在乡村逐渐学到一些以前不懂也不曾想到的东西。比如说吧，快到家时，马不能骑得太快；不办事的话，出门不骑马。日子一长，听了叫声就能辨出是什么鸟。

几天后，丹尼尔要去首都敲定一笔牲口买卖。交易最多花一星期。埃斯比诺萨对他表哥的风流韵事和讲究衣着打扮早已有些厌倦，宁肯留在庄园看看教科书。天气闷热，晚上都没有凉意。拂晓时雷声把他惊醒。风抽打着木麻黄。谢天谢地，埃斯比诺萨听到了雨点声。冷空气突然来到。当天下午，萨拉多河泛滥了。

第二天，巴尔塔萨·埃斯比诺萨在走廊上望着水淹的田野，心想把潘帕斯草原比作海洋的说法至少在今天早上一点不假，尽管赫德森[1]写道由于我们不是坐在马背上或者站着，而是从船甲板上眺望，所以海洋看起来并不大。雨一直不停，古特雷一家在这个碍手碍脚的城里人的帮助下救出大部分牛

1　William Henry Hudson（1841—1922），英国自然学家、小说家，父母系美国人，生于阿根廷，1900 年加入英国国籍，以描写阿根廷背景的自然界景色著称。作品有《紫色的土地》、《阿根廷鸟类》、《绿宅》、《牧人生活》、《一位自然学家的自述》等。

群，不过还是淹死了好几头。庄园与外界交通的四条道路统统被水淹没。第三天，总管住的房子屋顶漏水，有坍塌的危险，埃斯比诺萨让他们搬到正宅后面挨着工具棚的一个房间。迁移后，他们比以前接近，一起在大餐厅吃饭。交谈很困难，古特雷一家人对乡村的事情知道得很多，但是不会解释。一晚，埃斯比诺萨问他们，当地人是不是记得军区司令部设在胡宁时印第安人袭击骚扰的情况。他们说记得，但问起查理一世[1] 被处死的事时，他们也说记得。埃斯比诺萨想起他父亲常说，乡村里长寿的人几乎都是坏记性，或者日期概念模糊。高乔人往往记不清自己是哪一年生的，父亲叫什么名字。

　　整幢房子里没有什么书，只有几本《小庄园》杂志、一本兽医手册、一部《塔巴雷》[2] 精装本、一本《阿根廷的短角牛》、几本色情或侦探故事书和一部新出版的小说《堂塞贡

1　查理一世（1600—1649），英国国王，遭到以克伦威尔为首的议会反对，在保皇派与议会派的内战中被出卖，斩首处死。
2　乌拉圭作家、诗人索里利亚·德·圣马丁（Juan Zorrilla de San Martín，1855—1931）的长诗，根据印第安民族的传说故事写成，共六章，被认为是拉丁美洲文学中具有独创性的作品。索里利亚还写了史诗《祖国的传说》、游记《道路的声响》等。

多·松勃拉》。古特雷一家都不识字，埃斯比诺萨为了打发晚饭后的时光，找些事做，便念两章《松勃拉》给他们听。总管赶过牲口，遗憾的是他对别人赶牲口的经历不感兴趣。他说这件工作很轻松，他出门时只带一匹驮马，就能装上路途所需的一切，如果不赶牲口，他一辈子也不会去戈麦斯湖、布拉加多以及查卡布科的努涅斯牧场。厨房里有一把吉他；在发洪水之前，雇工们常常围坐着，有人给吉他调调音，但从不弹。这就叫吉他演奏。

埃斯比诺萨好多天没刮脸，留起了胡子，他常常对着镜子瞅自己变了样子的面容，想到回布宜诺斯艾利斯之后同伙伴们讲萨拉多河泛滥的事肯定会使他们腻烦，不禁笑了。奇怪的是，他怀念一些以前从未去过、以后也不会去的地方：卡勃雷拉街有一个邮筒的拐角，胡胡伊街一家门口的石砌狮子，离九月十一日广场几条马路、他不很清楚具体地点的有瓷砖地的一家商店。至于他的兄弟和父亲，他们多半已从丹尼尔那里听说由于河水上涨，他像困在孤岛上那样与世隔绝了。

庄园的房屋一直被洪水围着，他到处看看，找到一部英文的《圣经》。在最后的几面白页上，古斯里家族——那才是他们的真姓——记载了他们的家史。他们的原籍是英国因弗内斯，十九世纪初叶来到美洲，无疑做了雇工，同印第安人通了婚。一八七几年后，家谱记录中断，那时他们已不会写字了。再过了几代，他们把英语忘得一干二净；埃斯比诺萨认识他们时，他们由于懂西班牙语才找到工作。他们没有宗教信仰，但他们的血液里仍残留着加尔文教派固执的狂热和潘帕斯草原的迷信。埃斯比诺萨把他的发现告诉了他们，他们似乎听而不闻。

他随便翻翻那本书，指头翻到《马可福音》开头的地方。他决定饭后念给他们听听，一方面练练口译，另一方面想看看他们是不是理解。使他吃惊的是，他们居然全神贯注地倾听，默不作声，表现出极大的兴趣。也许封皮上的金字增添了他的权威。他们的血液里就有宗教信仰，他想。他又想，从古至今人们老是重演两件事：一条迷航的船在内海里寻找向往的岛屿，一个神在各各他[1]给钉上十字架。他记起拉莫

1　意为髑髅地，在耶路撒冷城西北，《圣经·新约》中耶稣基督被钉十字架的地点。

斯·梅希亚英语学校的演讲课，站直了宣讲《圣经》里的寓言故事。

古特雷一家为了不耽误听福音，匆匆吃完烤肉和沙丁鱼。

总管的女儿有头羔羊，特别宠爱，还给它扎了一条天蓝色的缎带，一天给带刺铁丝网刮伤。他们想用蜘蛛网给羔羊止血，埃斯比诺萨用几片药就治好了。这件事引起他们的感激使他惊异不止。最初他对古特雷一家不很信任，把他带来的二百四十比索夹在一本书里；如今主人不在，他代替了主人，吩咐他们做什么事有点怯生生，但是他的命令立即被照办。他在房间里和走廊上转悠时，古特雷一家仿佛迷途的羔羊似的老是跟着他。他朗读《圣经》时，注意到他们把他掉在桌子上的食物碎屑小心翼翼地收集起来。[1] 一天下午，他们在背后谈论他，言语不多，但满怀敬意，被他偶然听到。《马可福音》念完后，他想在另外三部福音书中挑一部从头

---

1 《圣经·新约》开头的四福音是耶稣门徒马太、马可、路加、约翰记载的耶稣言行录。《马可福音》第六、第八两章提到耶稣用五个饼、两条鱼和七个饼、几条鱼以及掰开时掉下的碎屑分给五千和四千人进食，让大家都吃饱了。

朗读；总管请求他重复已经念过的，以便加深理解。埃斯比诺萨觉得他们像是小孩似的，喜欢重复，不喜欢变化翻新。一晚，他梦见《圣经》里的大洪水，这并不奇怪；他被建造挪亚方舟的锤击声吵醒，心想也许是雷声。果然如此，本来已经减弱的雨势又变本加厉，寒气袭人。总管他们告诉他暴雨摧毁了工具棚的屋顶，等他们修好大梁之后再带他去看。他已经不是外人了，他们待他毕恭毕敬，甚至宠他。他们自己谁都不爱喝咖啡，但总是替他准备一杯，还加了不少糖。

　　暴风雨是星期二开始的。星期四晚上，门上轻轻的剥啄声唤醒了他，出于猜疑，他老是锁门的。他起来打开门：是那个姑娘。黑暗里看不清，但从脚步声上知道她光着脚，随后上了床时知道她是光着身子从后屋跑来的。她没有拥抱他，一言不发；只是挨着他躺在床上，筛糠似的哆嗦。她还是第一次同男人睡觉。她离去时没有吻他；埃斯比诺萨心想，她连他的姓名都不知道。出于某种他不想了解的隐秘的理由，他暗暗发誓到了布宜诺斯艾利斯决不把这件事告诉任何人。

第二天和前几天一样开始了，只是姑娘的父亲主动找埃斯比诺萨搭话，问他耶稣基督是不是为了拯救世人才让人杀死的。埃斯比诺萨本来是不受宗教思想束缚的自由思想者，但觉得有责任为自己念给他们听的福音辩护，回答说：

　　"是的。为了拯救世人免堕地狱。"

　　古特雷接着又问：

　　"地狱是什么？"

　　"地底下的场所，那里灵魂不断受到煎熬。"

　　"给耶稣钉上钉子的人也能得救吗？"

　　"能，"埃斯比诺萨回说，对自己的神学知识并无把握。

　　他担心总管责问他昨夜同那姑娘干的事。午饭后，他们请他再念最后几章。

　　埃斯比诺萨午睡了很久，但睡得很浅，不停的锤子声和模糊的预感一再使他惊醒。傍晚时他起身到走廊上。他仿佛自言自语地大声说：

　　"水开始退了。要不了多久。"

　　"要不了多久，"古特雷像回音似的学了一遍。

三个人跟在他背后。他们在石砌地跪下，请求他祝福。接着，他们咒骂他，朝他吐唾沫，推推搡搡把他弄到后屋。姑娘直哭。埃斯比诺萨明白门外等待着他的是什么。他们把门打开时，他看到了天空。一只鸟叫了；他想：那是朱顶雀。工具棚顶不见了；他们拆下大梁，钉了一个十字架。

布罗迪报告

　　我亲爱的朋友保林诺·凯恩斯替我弄到一套莱恩版的《一千零一夜》（伦敦，一八四〇年）。我们在第一卷里发现了一份手稿，我现在把它翻译成西班牙文。工整的笔迹——打字机的推广使书法这门艺术逐渐失传——表明手稿的年代和抄本相同。莱恩抄本以详尽的注解著称；边白上加了许多文字和疑问号，有时还有修订，笔迹和抄本一模一样。可以说，使抄本读者更感兴趣的并不是山鲁佐德奇妙的故事，而是伊斯兰教的风俗习惯。手稿末尾有大卫·布罗迪红色的花体签名，此人生平不详，只知道他是阿伯丁出生的苏格兰传教士，在非洲中部宣扬基督教义，由于懂葡萄牙文，后来又去巴西的某些丛林地区。我不清楚他去世的年份和地点。据我所知，这份手稿从未刊印过。

手稿用四平八稳的英文撰写，我如实翻译，除了某些引用《圣经》的段落和那位正派的长老会教士难以启齿而用拉丁文写的叙述雅虎[1]人性行为的奇文之外，我不作任何删节。手稿缺第一页。

……猿人出没的地区居住着墨尔克人，我权且称他们为雅虎，让读者联想起他们野蛮的天性，并且由于他们佶屈聱牙的语言里没有元音，不可能确切地予以音译。包括居住在南部丛林中的纳尔人在内，我估计这一部落的人数不超过七百。这个数字仅仅是猜测，因为除了国王、王后和巫师以外，雅虎人没有定居，每晚人在哪里就随便找个地方过夜。疟疾和猿人的经常入侵削减了他们的人数。他们中间有名字的人很少。招呼别人时，他们扔泥巴引起注意。我还见过有的雅虎人招呼朋友时自己躺在地上打滚。他们的体形和克罗人无甚区别，只是额头低一些，皮肤略带古铜色，显得不那

---

1 英国作家斯威夫特长篇小说《格列佛游记》中有恶癖的人形兽，博尔赫斯借用了这个名称。

么黑。他们的食物是果实、植物的根和爬虫，喝的是猫奶和蝙蝠奶，空手捕鱼。他们进食时要找隐蔽的地方，或者闭上眼睛；此外干任何事都可以当着别人的面，像犬儒派哲学家一样不以为耻。他们撕食巫师和国王的尸体，以便沾光求福。我指摘这种恶习；他们却用手指指嘴，再指指肚子，也许是想说明死人也是食物，也许是要我理解，我们所吃的一切到头来都会变成人肉——不过这一点恐怕过于微妙了。

他们打仗的武器是石块（储存了许多）和巫术诅咒。他们老是赤身裸体，还不知道用衣服或刺花蔽体。

值得注意的是他们有一块辽阔的高原，上面草木葱郁，泉水清澈，但他们宁愿挤在高原周围的沼泽地里，仿佛炙热的阳光和污泥浊水能给他们更大的乐趣。高原的坡度陡峭，可以形成抵御猿人的围墙。苏格兰的高地部族往往在小山顶上建造城堡；我向巫师们提过这种办法，建议他们仿效，但是没用。不过他们允许我在高原搭一个茅屋，那里晚上凉快多了。

部落由一位国王进行专制统治，但我觉得真正掌权的是那四个挑选国王、左右辅弼的巫师。新生的男孩都要仔细检查；如果身上有某种胎记（这一点他们对我讳莫如深），便被尊为雅虎人的国王。下一步是使他伤残，烙瞎眼睛，剁去手脚，以免外面的世界转移他的圣明。他幽居在一个名叫克兹尔的洞穴王宫，能进去的只有四个巫师和两个伺候国王、往他身上涂抹粪土的女奴。如果发生战争，巫师们把国王从洞里弄出来，向全部落展示，激励他们的斗志，然后扛在肩上，当作旗帜或者护身符，直奔战斗最激烈的地点。在这种情况下，猿人扔来的石块国王首当其冲，一般立即驾崩。

王后住在另一个洞穴宫殿，不准她去见国王。她屈尊接见了我；王后很年轻，面带笑容，以她的种族而论，算是好看的。她赤身裸体，但戴着金属和象牙制的手镯、动物牙齿串成的项链。她看看我，用鼻子嗅，用手触摸，最后当着所有宫女的面要委身于我。这种恩典常常赐给巫师和拦截过往商队、掳掠奴隶的猎人；我身为教士，并且有自己的风俗习惯，谢绝了王后的恩典。她便用一枚金针在我身上扎了两三下，这是皇家恩赐的标志，不少雅虎人自己扎，冒充是王后给他们刺的。我刚才提到的装饰品来自别的地区，雅虎人认为是天然产品，因为他们连最简单的物品都不会制作。在那个部落看来，我的茅屋是一株天生的树，尽管不少人见到我建造，还帮我忙。我带来的物品中有一块表、一顶铜盆帽、一个罗盘和一本《圣经》；雅虎人观看抚弄这些东西，想知道我是在哪里采集的。他们拿我的猎刀时总是抓住刀刃，毫无疑问，他们另有看法。我不知道他们到哪里才能见到椅子。有几间房间的屋子对他们说来就是迷宫，不过他们像猫一样也许不至于迷路，尽管捉摸不出其中道理。我当时的胡子是橙黄色，他们都惊异不已，要抚摩好长时间。

他们没有痛苦和欢乐的感觉，只有陈年的生肉和腐臭的东西才能让他们高兴。他们没有想象力，生性残忍。

我已经介绍过王后和国王，现在谈谈巫师。上面说过，巫师一共四个，这是他们计数的最大限度。他们掰指头数一、二、三、四，大拇指代表无限大。据说布宜诺斯艾利斯附近的游牧部族也有同样情况。虽然他们掌握的最大数字是四，同他们做交易的阿拉伯人骗不了他们，因为交易时每人都把货物分成小堆摆在自己身前，每堆分别放一、二、三、四件东西。交易过程缓慢，但绝不会出差错或诈骗。雅虎部族唯一使我真正感兴趣的人是巫师。平民百姓认为巫师有法力，可以随心所欲把别人变成蚂蚁或者乌龟；有个雅虎人发觉我不信，便带我去看一个蚁冢，仿佛这就是证据。雅虎人记性极差，或者几乎没有；他们谈到豹群袭击，使他们死伤惨重，但说不清是他们自己亲眼目睹的，是他们祖先看到的，还是梦中所见。巫师们有记忆力，不过所记有限；他们下午时能记起上午的事，最多能记起昨天下午的事。他们还有预见的本领，能蛮有把握地宣布十分或十五分钟以后将要发生的事情。比如说，他们会宣布："有个苍蝇要叮我的后颈了。"或者："我们马上就会听到鸟叫。"这种奇特的天赋我目睹了不下几百次，颇费我思量。我们知道，过去、现在和将来都储存在永恒的上帝的预见的记忆里；奇怪的是人能够无限期地记起过去的事情，却不能预见将来。既然我能清晰地记起四岁时从挪威来的那艘大帆船的模样，那么有人能预见马上就要发生的事情，又有什么奇怪呢？从哲学观点来说，记忆和预知未来一样神奇。希伯来人通过红海[1]是离我们很远的事，

---

1 希伯来人不堪法老虐待，在摩西率领下逃出埃及，后有追兵前有红海，危急之际摩西奉上帝指示举杖伸向大海，海水一分为二，他们得以通过。见《圣经·旧约·出埃及记》第十四章。

但我们记忆犹新，明天离我们要近得多，为什么不能预知呢？部落成员不准抬眼观望星辰，这是巫师特有的权力。每个巫师都带一名徒弟，从小教导秘密本领，巫师死后就由徒弟接替。巫师数目始终保持为四个，这个数字带有魔力性质，因为它是人们思想所能达到的极限。他们按照自己的理解信奉地狱和天堂之说。两者都在地底。地狱明亮干燥，居住的是老弱病残、猿人、阿拉伯人和豹；天堂泥泞阴暗，居住的是国王、王后、巫师，以及生前幸福、残忍、嗜杀的人。他们崇拜一个名叫粪土的神，也许按照国王的形象塑造了神的模样：断手缺脚、伛偻瞎眼，但权力无边。有时神也有蚂蚁或者蛇的模样。

根据以上所述，我在当时传教期间未能使一个雅虎人皈依基督，也不足为奇了。"圣父"这个词叫他们摸不着头脑，因为他们没有为父的概念。他们不明白九个月以前干的一件事能和小孩的出生有什么因果关系，他们不能接受如此遥远而难以置信的原因。此外，所有的女人都有交媾的经历，但不都生孩子。

他们的语言相当复杂，同我知道的任何语言都没有相似之处。我们无法用词类来分析，因为根本没有词句。每个单音节的字代表一个一般的概念，具体意思要根据上下文或面部表情才能确定。举例说，"纳尔兹"一字表示弥散或者斑点；可以指星空、豹子、鸟群、天花、溅洒、泼洒的动作，或者打败之后的溃逃。相反的是，"赫尔勒"一字表示紧密或浓厚；可以指部落、树干、一块石头、一堆石头、堆石头的动作、四个巫师的会议、男女交媾或树林。用另一种方式发音，或者配上另一种面部表情，每一个字可以有相反的意思。这一点并不使我们特别惊奇；我们的文字中，动词"to cleave"就有"劈开"和"贴住"两种截然不同的解释[1]。当然，雅虎人的语言里没有完整的句子，甚至没有句干。

相似的文字要求抽象思维，这一点使我认为雅虎民族虽然野蛮，但并非不开化，而是退化。我在高原山顶上发现的

---

1 英文 cleave 一词既作"劈开"又作"贴住"解。《圣经·旧约·约伯记》第二十九章第十节"舌头贴住上膛"和《圣经·旧约·创世记》第二十二章第三节"亚伯拉罕……劈好了燔祭的柴"中"贴住"和"劈开"原文都是 cleave，但意思截然相反。作"劈开"解的 cleave 在中世纪英语中是 cleven，在古代英语中是 cleofan；作"贴住"解的 cleave 则分别为 clevien 和 cleofian。翻译钦定本《圣经》的学者们一时疏忽，看漏了区别两词的 i 字母，一概译为 cleave，造成混乱，延续至今。

铭文证实了这一猜度，铭文中的字母和我们祖先的卢纳字母[1]
相似，如今这个部落已不能辨认了。他们好像忘掉了书面文
字，只记得口头语言。

雅虎人的娱乐是斗经过训练的猫和处决犯人。凡是对王
后施行非礼或者当着别人的面吃东西的人都有罪；不需证人
陈述或者本人供认，由国王作出有罪判决。被判刑的人先要
受种种折磨，我不想在这里描述惨状，然后由众人扔石块把
他砸死。王后有权扔出第一块和最后一块石头，扔最后一块
时犯人早已气绝。公众称颂王后的熟练和她生殖器官的美丽，
狂热地向她欢呼，朝她抛玫瑰花和恶臭的东西。王后一言不
发，只是微笑。

部落的另一个风俗是对待诗人的做法。成员之中有人偶
尔会缀成六七个莫名其妙的字。他喜不自胜，大叫大嚷地把
这几个字说出来，巫师和平民百姓匍匐在地，形成一个圆圈，
他站在中央。如果那首诗引不起激动，那就无事；如果诗人
的字使人们惊恐，大家怀着神圣的畏惧，默默远离。他们认

1　古代日耳曼民族，尤其是盎格鲁－撒克逊和斯堪的纳维亚人使用的字母。为
　　便于在木版上刻出，字母没有横向笔画。

为鬼魂已附在诗人身上；任何人，甚至他母亲，都不同他说话，不敢看他。他已不是人，而是神，谁都可以杀掉他。那个诗人如有可能就逃到北方的流沙地去藏身。

我已经说过当初是怎么来到雅虎人的国度的。读者或许记得，他们把我团团围住，我朝天开了一枪，他们认为枪声是神雷。我将错就错，以后尽可能身边不带武器。春天的一个早晨，天刚亮时，猿人突然向我们进攻；我拿了枪从山顶跑下去，杀了两个猿人。其余的仓皇脱逃。子弹速度极快，是看不见的。我生平第一次听到人们向我欢呼。我想王后就在那时接见了我。雅虎人的记忆力太差，当天下午我出走了。在丛林中的经历没有什么可谈的。我终于找到一个黑人居住的村落，他们会耕种、祷告，还能用葡萄牙语和我交谈。一位讲罗马语系语言的传教士，费尔南德斯神甫，让我住在他的茅屋里，照料我，直到我恢复体力，重新踏上艰辛的路程。起初我见他毫不掩饰地张开嘴巴，把食物放进去，觉得有点恶心。我用手蒙住眼睛，或者望着别处；几天后，我才习惯。我记得我们在神学方面作了一些愉快的探讨。我没能使他回到真正的基督教义上来。

目前我在格拉斯哥[1]写这份报告。我只叙述了我在雅虎人中间生活的情况，并未谈到他们可怕的处境，他们的悲惨情景一直在我脑海中萦绕，做梦也见到。我走在街上时觉得他们仍在周围。我明白，雅虎人是个野蛮的民族，说他们是世上最野蛮的也不过分，然而无视某些足以拯救他们的特点是不公正的。他们有制度，有国王，使用一种以共同概念为基础的语言，像希伯来人和希腊人一样相信诗歌的神圣根源，认为灵魂在躯体死亡后依然存在。他们确信因果报应。总之，他们代表一种文化，正像我们一样，尽管我们罪孽深重，我们也代表一种文化。我和他们一起战斗，反抗猿人，并不感到后悔。我们有责任挽救他们。我希望这份报告冒昧提出的建议能得到帝国政府的考虑。

---

1 苏格兰港口城市。

图书在版编目（CIP）数据

布罗迪报告 /（阿根廷）博尔赫斯（Borges, J.L.）著；
王永年译. —上海：上海译文出版社，2015.6（2025.4 重印）
（博尔赫斯全集）
ISBN 978-7-5327-6291-0

Ⅰ.①布… Ⅱ.①博… ②王… Ⅲ.①短篇小说－小
说集－阿根廷－现代 Ⅳ.①I783.45

中国版本图书馆CIP数据核字（2013）第305326号

JORGE LUIS BORGES
El informe de Brodie

图字：09-2010-605号

本书由上海市新闻出版专项资金资助出版

布罗迪报告 JORGE LUIS BORGES 出版统筹 赵武平
     豪尔赫·路易斯·博尔赫斯 著 责任编辑 周 冉
El informe de Brodie 王永年 译   装帧设计 陆智昌

上海译文出版社有限公司出版、发行
网址：www.yiwen.com.cn
201101 上海市闵行区号景路 159 弄 B 座
上海新华印刷有限公司印刷

开本 850×1168 1/32 印张 3.75 插页 2 字数 43,000
2015 年 6 月第 1 版 2025 年 4 月第 9 次印刷

ISBN 978-7-5327-6291-0
定价：37.00 元